Pierre Bergounioux

DAS ROSA HAUS

PIERRE
BERGOUNIOUX

DAS ROSA HAUS

ROMAN

Deutsch
von Brigitte Burmeister

AUFBAU-VERLAG

Titel der französischen Originalausgabe

La Maison rose

ISBN 3-351-02072-4

1. Auflage 1991

Einbandgestaltung G. Ruth Mossner
Typographie Christa Wendt
Leipziger Druckerei- und Verlagsgesellschaft mbH
Printed in Germany

I

Das erste Mal ist, für mich wenigstens, nur ein Bild, eine Flut von grellem Licht, das aus einem Kreidehimmel auf die Hauswand fällt, auf die weißen Hemden der Männer und die weißen Blusen der Frauen, ausgenommen auf der obersten Stufe Tante Lise, ganz in Schwarz, als trüge sie, obgleich sie damals noch nicht blind war, die ewige Trauer des Fleisches, das stets zu neuem Leben erwacht nur um zu sterben, das jeder Augenblick im Licht, jedes Wort, jede Bewegung – bis hin zum ersten Schrei des Neugeborenen, zur langsamen Gebärde seines Protestes, seines Entsetzens – dem Augenblick näher bringen, in dem es aufhört, Fleisch zu sein, und ein Bild im Gedächtnis der Lebenden wird, dann ein Bild an der Wand oder nicht einmal ein Bild: eine Mutmaßung, daß es einmal Fleisch war, die Gewißheit, daß es dagewesen sein muß, früher, daß es sich schon mit dem Licht und der Zeit vermischt hat, denn es dauert ja fort.

Und tiefschwarz sind, weil das heftige Licht alle Besonderheiten getilgt hat, die flüchtigen Unterschiede: die dunkle Maske, dem weißen Oval der treppauf geschichteten Gesichter aufgeprägt, die unentzifferbare Versenkung des Blickes unter Stirnen, denen der blendende Mittag Falten und Sorge abgewaschen hat.

Und schließlich, nicht weiß noch schwarz, geheim, unsichtbar, aber die Körper, die aufgeschichteten Spielarten der Maske von oben bis unten durchströmend: das Blut.

Jetzt waren wir im großen Saal, grad nach der Geschichte mit dem Pirol. Die Fenster des rosa Hauses waren erfüllt von jenem grünen und blauen Glanz, den man sah, wenn Mai war (und es war Mai). Ich hielt den Goldvogel nicht mehr in der Hand. Die Diskussion hatte an der Zisterne begonnen, hartnäckig sogleich, auf beiden Seiten unfreundlich, verständnislos, ohne Rücksichten zwischen Tante Lise, noch immer in Schwarz unter ihrem schneeweißen Haar, vielleicht siebzig Jahre alt, und mir, der ich bald sechs wurde und mit derselben schroffen, hastigen Stimme wiederholte, daß es das erste Mal sei, dabei dem Blick standhielt, den ich kannte, den auch Mama hatte, den sie alle hatten ringsum, damit beschäftigt, den riesigen Tisch zu decken. Ich hatte mehrmals gesagt: doch, und sie ebenso oft: nein; nur das eine Mal hatte sie, anstatt zu sprechen, die Hand ergriffen, mit der ich durch die Luft fuhr, um mein *doch* zu unterstreichen, und mich hinter sich hergezogen. So verließen wir das Grün und Blau draußen, durchquerten den Vorraum, in dem es nach Waschpulver und vor der Küche nach Blätterteig roch, gingen schräg durch den großen Saal bis zum Kamin. Dort nahm Tante Lise von dem hellen Steinsims das Foto herunter, mit einer Hand, die andere umschloß und preßte die Hand, in der ich den Vogel gehalten hatte. Und ich sah den Glanz von draußen wieder, jedoch metallisch und weiß, in seiner Mitte weiß und schwarz, ein wenig verschieden, auf mehreren Stufen versteinert, die Gesichter derer, die zwischen den Zimmern hin und her gingen von draußen nach drinnen und von drinnen nach draußen in der morgendlichen

Unruhe eines Festes: Großmutter, Onkel René, Marthe, Vetter Robert, Mama, ja dort, bei Großvater, vor Tante Lise, oben, die auf dem Foto genauso aussah wie in Wirklichkeit, was bei den anderen, selbst bei Mama, nicht mehr ganz so war.

Ich besah sie alle, so aufmerksam ich konnte, von links nach rechts bildaufwärts, von rechts nach links wieder hinab, dann sah ich Tante Lise an, die wirkliche, deren Blick ich gespürt hatte, während ich nach einem Gesicht suchte, das meines sein sollte. Mit triumphierender Stimme sagte ich: da siehst du, daß ich nicht dabei war. Daß dies das erste Mal ist. Darauf sie, mit unbewegtem Gesicht, ganz so als würde ihr Abbild auf dem Foto mit harter und tonloser Stimme die entschiedene Behauptung umstoßen, sie widerlegen: und das da? Ihr magerer spitzer Finger senkte sich auf das weiße Hemd von Großvater, in der Mitte der ersten Reihe. Ich sagte: was ist das? Ich sah die beiden Nadellöcher. Ich hatte sie zuvor schon gesehen, auf Großvaters Hemd, in Höhe des Herzens. Dann sprach ich nicht weiter, sagte kein Wort mehr, weil dort, wo Tante Lises schmaler Finger hinzeigte, ein Fleck war, in dessen Mitte ungefähr die beiden kaum erkennbaren schwarzen Punkte saßen. Ich stieß ein wenig Luft durch die zusammengepreßten Lippen. Ich ließ meinen Blick über die heiteren Gesichter wandern, die dem Foto leicht unähnlich waren, dann holte ich ihn unversehens zurück auf Großvaters Hemd. Ich stellte mir, schwach nur, aber ich stellte mir vor, daß Tante Lise sich immer noch irrte und mich selbst zum Irrtum verleitet hatte. Daß dieser Fleck nur ein flüchtiger Eindruck war, die Spur ihrer Fingerspitze auf dem Glanzpapier. Daß ich noch einmal *doch* sagen könnte und es ihr unmöglich wäre, *nein* zu erwidern. Bloß, da waren immer noch die beiden Nadellöcher, der Umriß eines Gesichtes, dieses Wäschetuch, dies Windeltuch, etwas grau gegen das starke Weiß von Großvaters Hemd. Wo ich schon nicht mehr sprach, wollte ich wenigstens den Kopf schütteln, aber selbst dazu war ich außerstande unter dem harten kastanienbraunen, fast schwarzen Blick, der mich niederhielt. Immer noch mit barscher und spöttischer Stimme fragte Tante Lise, wer das wohl sei, diese Nadellöcher, ich sagte nichts.

Außerdem sprach gleichzeitig Mama zu mir. Sie war mitten im Zimmer stehengeblieben, auf halbem Weg zwischen dem Vorraum und den Fenstertüren, die hinausführten zur Terrasse, zu der abschüssigen Wiese, den Bäumen am Hang, jenseits des Hohlwegs. Mama trug mit beiden Händen einen gewaltigen Mandelkuchen. Der Mandelduft drang bis zu mir, er mischte sich in den Geruch von Bohnerwachs, Alter und Rauch, der zum rosa Haus gehörte und den ich schon eingeatmet hatte, als ich zwei Nadellöcher war, auch wenn ich mich nicht mehr daran erinnerte. Wegen Tante Lise hatte ich nicht verstanden, was Mama mir sagte. Jedenfalls wandte sie sich nicht direkt an mich oder an jemand Bestimmten, und was ich antwortete, war auch nicht so wichtig. Dann sagte sie noch: oh la la, und ging auf mich zu, hatte sich vielmehr schon hingekniet, ihr Gesicht zu mir herabgebeugt und die Hand genommen, die ich nicht benutzt hatte, um zu Tante Lise *doch* zu sagen, hielt sie zwischen ihren Händen, mit denen sie meine Hand unendlich behutsam berührte und öffnete, als wäre sie plötzlich in unberechenbarer Weise gefährdet. Ich machte sie von selbst weit auf, spreizte die Finger, damit Mama sehen konnte, daß es nur Blut war. Das war der Vogel, sagte ich. Mamas Gesicht wurde wieder so, wie es im Augenblick davor gewesen war, als sie mit dem Kuchen aus der Diele kam. Sie befeuchtete mit ihrer Zunge einen Zipfel des Geschirrtuchs und rieb die Ritzen meiner Handfläche ab, dort wo das Blut sich gesammelt hatte, rot und klebrig geblieben war. So brachte sie die weiße, heile Haut zum Vorschein. Ich wiederholte – den Erwachsenen mußte man vieles wiederholen –, daß es der Vogel war, im Hohlweg. Daß ich bloß zurückgekommen war, um eine Schachtel für ihn zu holen, aber daß da Tante Lise stand, an der Zisterne, und daß ich ihr gesagt habe, es sei das erste Mal, daß ich ins rosa Haus gekommen bin, und daß sie gesagt hat, es sei nicht das erste Mal, und daß ich gesagt habe, ich hätte mich daran erinnert, wenn es nicht das erste Mal wäre, und weil ich mich an kein anderes Mal erinnerte, sei es also. Darauf Mama: ja ja; es ist beinah so, als wärst du noch nie. Ich sah genau, daß sie nur darauf achtete, alle blutigen Stellen abzuwischen, und noch nicht ganz sicher war, ob es sich bloß um das Blut des Vogels handelte. Ich wiederholte, daß es der Vogel war, und begann, an meiner Hand zu ziehen. Ich wollte zurück zur Zisterne, wo ich ihn abgesetzt hatte. Aber Mama sagte, das Essen sei fertig und wir würden uns jetzt zu Tisch setzen. Erst in diesem Augenblick merkte ich, daß es nicht mehr richtig Morgen war. Daß auch hier die Zeit verging. Mama hob das Tablett mit dem Kuchen auf, das sie zu meinen Füßen abgestellt hatte, als sie meine Hand ergriff, und ging hinaus auf die Terrasse. Sie kam zurück ohne den Kuchen, und hinter ihr sah ich sie eintreten – sie kniffen die Augen zusammen und sprachen weiter mit ihren gesetzten Stimmen –: Großvater, Papa, auf seinen Stock gestützt Onkel René, der Großvater ähnelte und Mama, ein wenig auch dem Vetter Robert, welcher hätte Tante Jeanne sein können mit Schnurrbart, tiefer Stimme und Flanellanzug, wäre sie nicht im gleichen Augenblick – ich vergewisserte mich – zehn Schritte entfernt damit beschäftigt gewesen, die Brotkörbe auf dem Tisch zu verteilen.

Tante Lise sagte, ich solle noch mehr reiben. Ich stand auf einem Schemel, hielt die Hände unter eine Art Eidechse oder Fisch aus gelbem Metall, deren Maul einen Strahl frisches Wasser in ein Becken aus ebensolch glänzendem Metall entließ. Das abgespülte Blut färbte schwach den Wasserstrahl des Wandbrunnens. Dann drehte Tante Lise den Kamm des Fisches (oder der Eidechse), und das Wasser hörte auf zu fließen. Der große Saal, in dem noch eben nur Frauen gewesen waren und der helle Klang von Gläsern, Stimmen und Gedecken, hatte sich jäh verwandelt. Er erschien kleiner jetzt, da er auf einmal rund dreißig Personen beherbergte. Vor allem schien er in symmetrischer Weise zwei gegenläufige Wirkungen auszuüben auf alle, die sich in ihm befanden: er machte die Unbekannten vertraut, das schnurrbärtige Gesicht, die kleine rundliche Großtante, die Vettern, die ich zum ersten Mal sah (oder zum zweiten, wenn man so wollte), während all diejenigen, die bislang ein einzigartiges, unverwechselbares Gesicht besessen hatten, auch Mama, etwas von der Deutlichkeit der Kontur verloren, die seit fünf, beinah sechs Jahren zu ihnen gehörte. Ich betrachtete sie abwechselnd, derweil Tante Lise mir die linke, dann die rechte Hand mit einem Tuch abtrocknete und nicht lockerließ, bis sie sauber und trocken waren, obgleich ich die ganze

Zeit versuchte, ihr meine Hände zu entwinden, mich frei zu machen und schnell an den Tisch zu setzen.

Ich hievte mich auf einen Strohstuhl. Man hatte ihn, damit ich an den Tisch reichte, mit dicken, in schwarzes Leinen gebundenen Registerbänden aufgestockt. Mit meinem Hinterteil suchte ich deren Mitte. So verließ ich auf Stuhl und Registerbänden den festen Boden, um ihn anderswo wiederzufinden, an den Tisch gepreßt und meinen Teller in Reichweite. Wer mir den rechten Abstand bescherte, war dieser Vetter, der einer voluminöseren, dunklen und kantigen Ausgabe von Tante Jeanne glich. Ihr Kopf, freilich der eines Mannes, neigte sich herab zu mir, lächelnd und noch irgendwie anders, versonnen, aufmerksam, als würde er mich seit immer kennen, als reichte dieses *immer* weit über die beinah sechs Jahre hinaus, die es (das wußte und verstand ich) nach wie vor für mich waren. Wir lächelten uns weiter an, ganz aus der Nähe, er verlegen, ich lustig, weil es ihm bestimmt nicht gelang, die oder denjenigen wiederzuerkennen, der ich einmal gewesen war, der nun wieder auflebte oder einfach zu mir, in mir hochstieg mit dem Lauf der Zeit, während ich den Vetter doch gleich erkannt hatte. Ich hatte sofort entdeckt, daß er stets nur Tante Jeanne war, etwas größer, etwas kräftiger geworden und schnurrbärtig. Tante Jeanne, wäre sie ein Mann gewesen und nicht Tante Jeanne. Ich fing an, heftig mit den Beinen zu schaukeln. Ich hatte Hunger, als wäre ich an einem beliebigen Ort und nicht im rosa Haus, nach der Geschichte mit dem Goldvogel, in der deutlichen Zeit, dem eigenartigen Fluß, der, wie alle Flüsse, in unaufhaltsamer Drift mit den ruhigen Wassern des Morgens schließlich den Mittag heranführte, dann den Nachmittagskaffee und den Abend, der aber auch Gegenströmungen besaß, in denen, als trieben sie zurück zur Quelle, Gesichter aufkreuzten und Bilder, die dort unten die Mündung erreicht hatten, das unbekannte Meer, auf das wir uns zubewegten, wir alle.

Ich begann, mit den Blicken Mama zu suchen. Zerstreut lächelte ich dem derben Doppelgänger von Tante Jeanne zu, der immer noch neben meinem Stuhl hockte, während die anderen Männer und sogar Großmutter, die Cousinen, alle Frauen schon Platz genommen hatten. Er lächelte immer weiter. Er hatte seinen versonnenen Ausdruck behalten. Nur – und ich hörte auf, in dem Stimmgewirr und dem Geklapper der Gedecke sicherheitshalber nach Mama zu suchen –, da war nicht mehr diese Verlegenheit. Ich weiß nicht. Als hätte er nun das Gesicht oder das Bild gefunden, an das ich ihn erinnerte, und als wäre es diese endlich gefundene Ähnlichkeit, die ihn versonnen machte. Ich lächelte ihm noch einmal zu, rasch, weil er ein bißchen Tante Jeanne war, die ich mochte (sie hatte immer etwas für mich, wenn sie uns zu Hause besuchen kam), dann entdeckte ich, gar nicht weit weg, Mama. Sie trug eine große Metallplatte, die rot gepanzert war, mit scharlachroten Fühlern und langen, siedend heißen Stacheln.

Der Vetter hatte mich verlassen. Mama war schon wieder verschwunden. Nun schob sich die Cousine aus Guyana, mit dem ganz anderen, allein ihr gehörenden Gesicht, zwischen mich und diese Art Feuerbusch. Auch sie lächelte mir zu, aber einfach nur mir, nicht irgendeinem anderen von anderswo oder früher, den sie gesucht und schließlich hinter mir, in mir gefunden hatte. Ich lächelte zurück. Dann schnitt ich Grimassen, ohne das rote Gestrüpp aus den Augen zu lassen, das näher kam. Als es da war, als ich die Panzer, die Fühler und Zangen sah, sagte ich nein. Nein. Die Cousine hielt eine Handvoll Tiere über meinen Teller. Ich sagte noch einmal nein, voller Ärger. Immer mußte man wiederholen, immer lächeln, auch wenn man sie nie gesehen hatte, sie selbst oder jemand, der ihnen ähnelte. Dann lag eine Scheibe Schinken vor mir, kleingeschnitten wie immer, seit ich Schinken aß, und am Rand lagen ebenso viele Butterstückchen, wie kleine rosa Würfel auf dem Teller waren, und neben mir war Mama.

Sie nahm sich von den Tieren – den Flußkrebsen –, die Großvater in der Tèse gefischt hatte. Ich war lange vor den anderen fertig, die diese Panzer abschälen mußten, und Mama stand auf, um mir Spargel zu holen.

Als sie zurückkam, konnte ich ihr alles erzählen, denn jetzt war es vorbei. Jetzt war es Vergangenheit, während ich einen Augenblick zuvor noch nicht sprechen konnte. Das sah aus wie eine Kaskade oberhalb der Stelle, wo das Wasser etwas ruhiger wird, wie eine Flamme, bevor nur noch Glut übrigbleibt. Ich sagte, daß im selben Moment so eine blitzende Spitze da war, weit oben, und das flache Geräusch von großen Männerhänden, die gegeneinanderschlugen, ein einziges Mal nur, und immer noch dieses leuchtende Geschoß auf seiner gekrümmten Bahn, es kam direkt auf mich zu und ließ im tiefblauen, noch taufeuchten Morgenhimmel goldene Späne zurück. Dann ein leichter Aufprall und zu meinen Füßen plötzlich der Vogel, so nah, daß ich augenblicklich stillstand, den Atem anhielt, damit auch er sich nicht rühre, nicht Gras und Minze wieder verlasse, um in den unerreichbaren Sonnengefilden zu verschwinden. Damit ich Zeit hatte, mich zu vergewissern, daß er kein Traumgeschöpf war und es außer ihm noch die Kirschbäume gab, gleich vorn, mit Früchten so beladen, daß sie manchmal wie riesige Pfingstrosen aussahen. Daß es den blauen Morgen, das hohe Gras, das rosa Haus in meinem Rücken gab. Und eben den Vogel, der ganz er selbst war und – auch das wußte ich – zu dauerhaft, um ins Reich der Trugbilder zu gehören. Seine schwarzen Flügel, leicht geöffnet, stützten sich auf das Gras. Er sah mich an. Er atmete. Ich sah, wie seine Brust sich bewegte und die Rispen berührte. Sein schwarzes Auge mit dem Rand von durchsichtigem Gold, von Bernstein war auf mich gerichtet, der nicht mehr atmete und auch das Blinzeln unterdrückte. Vielleicht aus diesem Grund, weil ein Junge von beinah sechs Jahren doch hätte atmen und schon ein paarmal mit den Wimpern zucken müssen, konnte der Vogel mich für tot halten und ruhig zwischen den Grashalmen verweilen.

Es verging Zeit, die sehr lang erschien, denn man kann nur einen ganz kurzen Augenblick drei Schritt weit von einem Goldvogel stehen. Jedoch, er war da. Ich sah ihn immer noch, in einer anderen Art von Dauer offenbar. Ich nahm wichtige Einzelheiten wahr: das leuchtende Goldgelb seines Körpers hatte an den Flügelspitzen etwas Glänzendes. Ich glaubte auch, Rot zu entdecken, als wäre ein Granatstein ins Gras gefallen.

Aber ich war noch nicht imstande, wirklich zu begreifen, es mir klarzumachen. Das alles (der Vogel, die Zeit, ich) war wie eine Flamme, gelb, blau, scharlachrot, in zarten, flüchtigen Schattierungen, und später erst, wenn man darüber nachdenkt, wird es einem bewußt. Dann hat der Vogel geblinzelt. Dafür brauchte er sehr viel mehr Zeit, als für gewöhnlich nötig ist. Jetzt hätte ich die Luft, die ich mit großer Mühe immer noch anhielt, ausstoßen und neue holen können. Da richtete sich wieder sein Bernsteinauge auf mich. Ich tat weiter so, als wäre ich tot, tat also nichts, summte nicht, atmete nicht, bewegte weder Kopf noch Hände. Ich lebte von derselben verbrauchten, schmerzerzeugenden Luft. Ich weiß nicht, ob ich darauf wartete, daß das Lid des Vogels das runde Onyxplättchen ganz verdecke und mich vor ihm, dem Vogel, verberge, damit ich endlich das Wasser, das Feuer los würde, zu dem die Luft geworden war, und durch Mund und Nase Atem holte, so tief ich konnte, um erneut einem toten Kind, leblosem, harmlosem Fleisch zu gleichen, sobald ich das Auge und sobald das Auge mich anblickte. Ich sah es wieder und diesmal auch den Granatstein, wie er aus dem Bauch des Vogels in das wirre Gras fiel. Unwillkürlich beugte ich mich herab und atmete. Nur wenig, aber doch viel mehr, als nötig ist, damit ein Vogel das Weite sucht. Er flog nicht davon. Das erste, was ich tat, war, noch einmal ganz schnell zu atmen nach der langen Entbehrung, die ich auf mich genommen hatte, damit er bliebe. Ich rückte einen Schritt näher, langsam wie ein Reptil. Ich sah das Himmelblau im Schwarz seines Auges. Er zuckte unaufhörlich weiter mit dem Lid, als würde er gleich in tiefen Schlaf fallen. Als das Lid in die Höhe ging, schien es, als hätte der Himmel (der vom Auge gespiegelte Himmel) sich auf einmal bezogen, hatte das Juwel in der Bernsteinfassung all sein Feuer verloren. Ich atmete ausgiebig, ungeniert, bis ich schließlich vergaß, daß ich atmete. Was sich verändert hatte, war nicht nur der Himmel im Auge. Zur gleichen Zeit war etwas anderes geschehen. Ich sah es mir an, zwei

Schritte entfernt. Am Ende begriff ich: der Vogel atmete nicht mehr. Ich wartete, ich starrte auf den leuchtenden Körper noch lange nach dem Augenblick, in dem jedwedes Geschöpf seinen Atem hätte wiederfinden müssen. Dann nahm ich ihn in die Höhlung meiner Hände. Als ich ihn aufhob, rollte sein Kopf zur Seite. Ich wußte, daß man sterben kann. Nicht ich, noch nicht, auch keiner von denen, deren schwaches Echo aus dem rosa Haus bis zu mir drang, aber die Insekten, die Igel auf der Straße, die Unbekannten.

Ich rannte zurück, die Wiese hinauf. Bei der Zisterne kam ich an Tante Lise vorbei. Sie füllte Emaillekrüge. Ich zeigte ihr den Vogel. Ich sagte ihr, dies sei das erste Mal, daß ich einen Vogel in der Hand hielte. Das erste Mal auch, daß ich ins rosa Haus gekommen sei. Sie sagte: nein, ich: doch, jeder mehrmals, bis sie das Blut entdeckte, das in dicken Tropfen durch meine Finger sickerte, und mich den Vogel absetzen ließ – es war ein Pirol –, mich hinter sich herzog, in den großen Saal, um mir die beiden Nadellöcher auf dem Foto zu zeigen und mir die Hände zu waschen.

Ich hatte nicht nur die Scheibe Schinken und den Spargel, sondern auch eine Portion Mandelkuchen und zweimal Erdbeeren mit Schlagsahne verschlungen, während die anderen scheppernd mit ihren Krebsen hantierten. Ich hatte versucht zu begreifen, warum sie alle einander ähnelten, und doch nicht so ganz. Die beiden Geräuscharten vom Vormittag, das helle Klingen von aneinanderstoßendem Geschirr, von Platten in der Küche, von Frauenstimmen, und das dunkle Vibrieren der Männerstimmen im Hintergrund, von der Terrasse her, hatten sich rings um den Tisch miteinander vermischt. Sie bildeten eine Sphäre der Harmonie, durchzogen von leichten Aufwärtsströmungen, in denen Helles und Dunkles sich kreuzten. Ich hatte das Hinterteil mehr oder weniger auf meinem Stuhl, einen Teil des Rumpfes im Leeren, Kopf und Schultern auf den Knien von Mama. Ich beobachtete mit geschlossenen Augen das langsame Aufsteigen der gesprenkelten Muster. Ich sah den helleren, goldnen Strähnen nach, die von Mamas Stimme kamen. Dann erkannte ich die Stimme von Großvater, der sehr ernst sagte: ich hab es gesehen, hoch oben. Es fiel zu uns herab wie ein toter Vogel.

Ich machte die Augen auf. Die kleinen Monde, die zitternden Schatten verschwanden. Nun gab es keine Monde, keinen Schatten mehr, sondern ein Gewirr von Stimmen, und es war weiter Zeit vergangen, denn immerhin waren sie jetzt bei den Erdbeeren und der Schlagsahne angelangt. Ich sagte, viel lauter als ich wollte: ich war dabei, ich hab es gesehen. Die Sphäre verschwand völlig. Alle Gesichter wandten sich mir zu, die, die ich kannte, und die, die ihnen ähnlich waren, die ich aber über dem Anschauen der gesprenkelten Muster vergessen hatte, die Frau des Vetters aus Guyana, Vetter Etienne, die anderen. Dann lachten sie, und Großvater sagte, daß man in gewisse Weise schon der Ansicht sein könne, ich sei dabeigewesen. Ich sagte: ja doch. Ich hätte ihnen erzählen können von dem Geschoß, dem leichten Aufschlag. Mir war lieber, Großvater tat es. Außerdem sprach er schon weiter. Ich nickte mit wissender Miene. Großvater sagte: nicht sehr weit entfernt. Dort, wo der Vogel herabgefallen war, habe er die schwarze Erde gesehen und das Unterholz, wie es langsam zum Himmel stieg, darauf den Blitz mit den blutroten Sprenkeln, das

Hervorquellen von gelbem Rauch, und wie Gold und Blut beim Aufsteigen die Erde einholten und die Bäume, die mit all ihren Ästen, mit all ihren Wurzeln davonflogen. Gerade als er zu begreifen begann, ging das Gestrüpp in seiner Nähe hoch. Aber in diesem Augenblick hatte die Erscheinung ihre ursprüngliche Deutlichkeit verloren. Verdrecktes Tuch, vom ersten Treffer kupferfarben, trieb vor ihnen dahin. Wieder hörte er die kurze Stimme über den dröhnenden Wogen aus Erde, Flammen und Rauch, und wieder schob er an den Rädern, gemeinsam mit den sechs anderen, bis es ihm schien, als würde auch er diesen Planeten verlassen, mitsamt dem Geschütz, dem Munitionswagen, den sechs Gestalten und dem Stück Stoppelacker, das sie trug. Doch er blieb an seine Speiche geklammert, während die Ackererde in langsamen Schüben aufflog und der Schild des Geschützes klang wie ein Amboß unter dem Hammer. Dann fiel vorne das Feld zurück vom Himmel, und Großvater versuchte, nicht mehr zu atmen – ich sagte: wie ich, genau wie ich –, während schmutziger, stinkender Qualm ihn dicht umschloß. Erst als er wieder anderes sah als das kupfer- und rußfarbene Leichentuch, wurde ihm bewußt, daß er am Leben war und, in derselben Sekunde, daß er sterben würde. Weil, sagte er, ihre Richtung stimmte. Sie brauchten nur noch fünfzig Meter zuzulegen, und wir gingen geradewegs ab mit dem Hafer und dem Rauch. Er sagte, daß er weiter mit aller Kraft auf das Rad gedrückt habe und die fünf anderen auch – einer hatte sich nach hinten entfernt, zusammengekrümmt, und ließ überall Blut auf den Halmen zurück.

Diesmal hörte er das seidige Rauschen, das Flügelschlagen von Nordosten kommen, in schwindelerregender

Schnelligkeit anschwellen, zum Lärm eines Schnellzuges in vollem Tempo werden, und die Erde hob sich, doch hinter ihnen, mehr als hundert Meter weit, mitsamt ihrem Leuchtgefolge, ihren Rauchbäumen. Im großen Saal gab es nur noch Großvaters Stimme. Ich hatte verstanden, daß die toten Vögel, die er vom Himmel fallen sah, die Geschosse, nicht wirklich Vögel waren, sondern der Tod selbst, der für seinen Weg durch die Lüfte Vogelgestalt angenommen hatte.

Großvater sagte, gegenüber hätten sie mit einem Schlag hundertfünfzig Meter zugegeben. Er hörte immer noch die kurze Stimme aus dem ununterbrochenen Lawinen- oder Orkandonner heraus. Der Richtkanonier und der Schütze waren schon auf ihrem Sitz, Großvater hatte gerade noch Zeit, vom Rad wegzutreten.

Er sagte, beim ersten Schuß, der den Lafettensporn in die Erde treiben sollte, habe sich das Geschütz aufgebäumt wie ein Pferd. Ein Feuerstrahl schoß aus dem Rohr. Der Anfangswind riß eine Staubsäule hoch, so daß die Luft, die Schädel, selbst der Boden zu vibrieren begannen, als wäre über ihnen der Himmel zu einer riesigen Glocke geworden. Die winzige Stimme sagte den Abstand an – 950 –, und Großvater begriff, warum die Haubitzen gegenüber ihre Schußbahnen verlängert hatten. Der erste Munitionskanonier reichte ihm das Geschoß. Großvater stellte den Zünder auf 950 ein, während das Feld hinter ihnen (aber er achtete nicht mehr darauf) wie ein Ozean aus Finsternis gen Himmel stieg. Dann begannen sein Schädel, die Luft, die Erde wieder zu vibrieren, als das Rohr auf den Bremsschienen zurückfuhr. Er reichte dem Ladeschützen die nächste Granate, machte die dritte bereit, erhielt die vierte, zugleich mit einem Schwall schwarzer Erde, stellte die fünfte ein, blind vom zerstörerischen Rauch. Es war, sagte er, eine Art Schweigen entstanden. Er nahm nichts mehr wahr als überall das Vibrieren des hohen Gewölbes, des schwachen Stückes Acker, das ihn trug, der 7,5er, die zwanzigmal in der Minute ihre explosiven Geschosse ausspie. Beinah ohne dazusein, denn ihm schien, daß er, ähnlich einer Messerklinge oder den Ästen einer Stimmgabel, nicht nur den gewöhnlichen Platz einnahm, der gemeint ist, wenn man *ich* sagt, die zerbrechliche Enklave, die man mit verzweifelter Anstrengung gegen das Eindringen von Hitze oder Kälte oder Fremdkörpern, Brombeerdornen, heißen Spritzern verteidigt, sondern auch nach vorn, nach hinten und seitlich einen Raum füllte, mindestens um die Hälfte größer als der, den er sonst beanspruchte. So daß keines der Atome dessen, was er *ich* nannte, für einen Bruchteil von Zeit – doch ausgedehnt genug, um wirklich Zeit zu sein – den gleichen Platz einnahm und Großvater demnach zweifeln konnte, ob noch irgend etwas existierte, das sich Erde nannte, Himmel oder er selbst, Großvater (auch wenn er damals nicht Großvater war, sondern ein Mann von zweiundzwanzig Jahren, damit beschäftigt, Granaten zu zünden oberhalb der Straße von Nanteuil-le-Haudouin, am 9. September 1914).

Er hörte genau, wie die Stimme des Geschützkommandeurs 850 sagte. Er hob den vibrierenden Umkreis dessen, was früher sein Kopf gewesen war, bemerkte das zurückgefahrene Rohr, die verwackelte Silhouette des Ladeschützen, die Luft, einen zitternden Gazevorhang, die schweren Fetzen der deutschen Rauchschwaden, die zur bebenden Kuppel hochkrochen, das fahle Leuchten der ausgestoßenen Hülse. Er fragte: wieviel, weil 850, das war das andere Ende des Haferstücks. 850. Alles schien ihm mit dieser Langsamkeit abzulaufen, die in Ausnahmesituationen entsteht, wenn man selbst in den irrsinnigen Frequenzen der Luft, des Schlammbodens schwingt, den Blitzflug der Stahlköpfe mitmacht, deren Messingzünder er einstellte. Gespannte Saiten mischten ihr scharfes, verzweifeltes Zirpen in das Vibrieren der ganzen Welt. Er sah die ausgestoßene Hülse, dieselbe noch, auf den Haufen geschwärzter, rauchender Hülsen prallen, der sich hinter dem Geschütz gebildet hatte. Und schon hielt im unveränderten Gedröhn – zwanzig Schuß in der Minute – der Munitionskanonier ihm die nächste Granate hin, damit er sie auf 850 einstelle und an den sich wie irre bewegenden Fleck weitergebe, zu dem der Ladeschütze geworden war. Dann stellte er auf 800 ein, und ihm schien, daß die Riesenglocke, mit ihr der helle Fleck des Ladeschützen, die Luft und alles übrige den Grenzpunkt erreichten, über den hinaus kein Fleisch, nicht Luft noch Erde mehr existieren, nur das wirbelnde Chaos, in dem die Partikel jeder Substanz sich nicht nur voneinander trennen, sondern sich aufspalten in ihre elementaren Teile, den rötlich schimmernden Urnebel. Großvater sagte: vierundzwanzig, vielleicht fünfundzwanzig Schuß pro Minute. Und daß er von dem Moment an zusehen mußte, daß die Blutstropfen aus seiner Nase nicht die feinen Zeichen beschmutzten, die Kreise, die Zahlen, die Spirale, die in das Messing des Zünders eingeritzt waren.

Er fühlte sich gleichsam freier werden vom ewigen Schicksal des Fleisches, von Furcht und Qual, auch leichter vom Blut, das ihm aus Nase und Ohren floß, und war unbekümmert um die 800 Meter, die ihn von der deutschen Infanterie trennten, deren Kugeln heller surrten im dunklen Schwingen der Batterie und gegen die Panzerung des Munitionswagens, gegen den Schild des Geschützes schlugen. Es gab nur noch die Stimme des Geschützkommandeurs, den leichten, körperlosen Hauch, der seine Klangfarbe und Verständlichkeit zu bewahren schien (dabei mußte der Mann doch brüllen) in dem Raum, wo Stahl, Flintstein und Fleisch zergingen. 800. Dann, kaum eine halbe Minute später, 850, darauf 900, während Großvater, der nichts mehr sah, nichts hörte außer der Stimme, seine Zünder bei 900 und 950 perforierte. Er war schon bei 1300, als die Stimme sagte, brüllte, daß sie das Feuer einstellen sollten, und er die Granate aus den Händen des Munitionskanoniers nahm, sie dem wildgewordenen Fleck des Ladeschützen hinwarf. Plötzlich hantierte er im Leeren. Er hörte das Gellen des letzten Schusses, fühlte, wie ihm die vergewaltigte Luft ins Gesicht schlug, erhaschte das fahle Leuchten der Geschoßhülse.

Erst viel später entdeckte er, daß er existierte, daß es an ein und demselben Ort und in zwei Augenblicken hintereinander etwas gab, das weder rauchverfinsterte Luft noch die Erde war, also wohl das geschundene Fleisch, verblüfft, hartnäckig ausharrend in dem, was die Stille sein mußte. Der heftige Nebel hatte sich verfestigt, nun konnte er sie sehen, zu Statuen erstarrt, den Richtkanonier und den Schützen auf ihrem Sitz, die Hände an der Steuerung, den Ladeschützen stehend, mit nacktem Oberkörper und verschränkten Armen, alle mit steinernen, schrecklichen Gesichtern, als hätten die Korpuskel, indem sie sich zusammenballten, die Schwelle der Dichtigkeit überschritten, die jeweils dem Fleisch, dem Metall und dem Schlamm eigen ist, so daß mit der Stille und dem Abend – denn es war Abend – die Luft wie Sand, das Fleisch wie Stahl geworden war.

Sie schliefen bei ihrem Geschütz, bewußtlos, am Grunde der Nacht. Erst am nächsten Morgen erfuhren sie, daß der Feind, an der Marne geschlagen, auf dem Rückzug war.

II

Beim zweiten Mal – oder dem dritten, falls denn jemand etwas darstellt, der als zwei Nadellöcher auf Großvaters Hemd existiert, und wenn das ein erstes Mal sein soll – habe ich nichts geahnt, nicht mehr als beim ersten (die Nadellöcher) oder dem zweiten Mal (der Pirol), obgleich ich es hätte tun sollen, scheint mir. Ich war zehn, und im Alter von zehn Jahren gilt man als jemand, der anfängt zu verfolgen, was drinnen und draußen geschieht, ohne daß die Mutter oder irgendwer es einem sagen, es sechsmal wiederholen muß, damit man es bemerkt, sein Handeln und Denken verändert, damit alles einfacher, anders, normal wird.

Der August ging zu Ende. Sie war nicht an meinem Kopfende, als ich die Augen aufschlug. Die Trugbilder waren verschwunden. Von neuem gab es die Lichtritzen des Fensterladens, die Kommode, die Hitze, jetzt schon, und draußen diesen Frieden, eine Art ewigen Sonntag, bevor eines Morgens der September plötzlich da ist und für lange Zeit jeder Tag nach Montag schmeckt. Papa war es, der mich geweckt hatte. Ich erkannte seinen Schritt, als er das Zimmer verließ. Mama blieb immer eine Weile bei mir, nachdem der Fensterladen, die Kommode und manchmal (nicht immer) die Sonne wieder da waren. Aber mit zehn Jahren hatte ich längst begriffen, daß dies die Wirklichkeit war. Daß alles andere, was ich grad davor gesehen hatte –

die Gesichter, die Bäume, die Goldvögel, die ich zuweilen nachts im Gras auflas –, nicht existierte, zumindest nicht so, wie es mir erschienen war. Als ich zu Papa in die Küche kam, war mein Frühstück nicht fertig. Und als es endlich soweit war, war die Schokolade zu hell, war keine Butter auf meinem Brot, nur Konfitüre. Ich sagte nichts. Ich war ja zehn. Ich hatte meine erste Schnitte aufgegessen, da bemerkte ich, daß Papa schweigsamer war als sonst, aber als ich den Kopf hob, ihn ansah, begriff ich, wie sehr mein Erwachen immer noch eine wichtige Angelegenheit war. Daß etwas Ernstes geschehen sein mußte, um Mama zu hindern mir beizustehen, wenn die Unbekannten, die Tiere der Finsternis, die mir gefolgt waren, sich verflüchtigten und es erneut die Kommode gab, den Fensterladen und Mamas Gesicht, das sich über mich beugte. Papa sagte, daß es Großvater nicht gut gehe und daß sie zu ihm ins rosa Haus gefahren sei.

Dreimal noch war ich allein, während die Trugbilder verschwanden, erkannte allein die jähe Grenze des Morgens und draußen das Schweigen der Straßen im August. Ich las, bis Papa zurückkam, dann wieder fortging in der Mittagshitze, und ich las noch bei geschlossenen Fensterläden an den Nachmittagen, die sommers über der Stadt stillstehen. Also mußte ich, als es im Eßzimmer dämmerig wurde, zum zweiten Mal am Tag die Welt der bloßen Bilder – den Dschungel, den Schnee und die Pferde, die Inseln – unterscheiden von der glühenden Luft, dem roten Sessel und Papa, der plötzlich da war, sorgenvoll und erschöpft.

Am fünften Tag wußte ich, als ich noch im Schatten der großen Bäume lief, daß es keine wirklichen Bäume waren, daß ich sie mit einer Handbewegung umwerfen, wie Strohhalme fortblasen konnte und Mama wiedersehen würde. Was ich auch tat. Die Lichtritzen des Fensterladens waren weg. Im Zimmer war es so dunkel, daß ich ohne zu zögern annahm, der Winter sei gekommen, die endlose Ebene, die ich schon zehnmal durchquert hatte. Mama war da. Ich nahm ihre Hand. Es war noch immer Sommer, aber der Himmel war bedeckt, und weil ich in der Stadt nichts anderes sah als die Straße und die unverrückbaren Mauern, schien es mir, daß selbst der Sommer, wenn die Sonne fehlte, ein bißchen Winter war oder wenigstens eine besondere Jahreszeit, ausdruckslos und trist, die dem Winter ähnelte.

Wieder sah ich beim Erwachen, zwischen der Kommode und dem Fensterladen mit den Feuerstreifen, das Gesicht von Mama, und es war wirklich Morgen. Doch ich hatte in wenigen Tagen gelernt, allein das beständigere Land zu betreten, das die Stätte der Träume umgibt. So verloren die Straße, die Zeit ihre dichte Stille, löste sich die sonntägliche Leere auf, in der ich zwischen den aus Büchern geborenen Visionen dahintrieb.

Ich ging wieder in die Schule. Auf dem Boulevard zeichneten sich die Platanen allmählich als dunkles Strichmuster vom trüben Himmel ab, und die Leute sagten, daß nun Herbst sei. Trotzdem leuchteten im Halbdunkel, fast genauso hell wie zuvor, die Ritzen des Fensterladens, als ich, noch bevor ich die Augen öffnete, wußte, daß ich Mama an diesem Tag nicht sehen würde. Nur den Rücken von Papa. Mein Brot war verbrannt und die Schokolade voller Klümpchen. Als ich das Haus verließ, konnte ich in dem flach einfallenden Licht meinen Atem sehen, meine Finger und Ohren prickelten vor Kälte. Allein überschritt ich die Schwelle, an der immer, so lange, so weit ich auch ging, die Kommode wartete, der Fensterladen und dahinter die Stadt. Mama kam zurück und verließ uns erst wieder zwei Tage vor Weihnachten, so daß Papa und ich dann zu zweit im Eßzimmer saßen. Das Cassoulet war an manchen Stellen zu heiß, an anderen kalt. Der Kuchen, den Papa kaufen ging, schmeckte überhaupt nicht wie der, der sonst zu Weihnachten auf den Tisch kam. Ich las die neuen Bücher, die nach Afrika führten (oder nach Asien, auf Inseln oder Schlachtfelder), dann wurde es Abend, und ich merkte, daß ich von dem Augenblick an, als ich die Augen öffnete, bis zum Abendessen nichts anderes getan hatte als meine Tränen zu unterdrücken. Wir aßen die Reste vom Mittag auf. Ich sagte, ich sei müde. Es war noch nicht spät, jedenfalls viel früher, als die rasch hereinbrechende Dunkelheit der Winterwende vermuten ließ. Ich konnte nach Herzenslust weinen und noch ein bißchen mehr, in Voraussicht der kommenden Tage, was klug war, denn zu Neujahr saßen wir immer noch zu zweit, Papa und ich, vor dem lauwarmen Cassoulet – diesmal hatte er den Inhalt der Dose umgerührt – und demselben Kuchen, den wir abends dann aufaßen. Aber ich wußte, daß die Zeit sich nicht im Kreis dreht, daß es einem bloß so scheint, wenn schon wieder Morgen und Mama immer noch nicht da ist, oder wenn man im Abstand von einer Woche zur selben Zeit, im selben grauen Licht den Inhalt derselben Konservendose hinunterschlingt.

Mir stiegen die Tränen hoch. Gleich würden sie überfließen, nach Einbruch der Dämmerung. Aber es war Morgen. Ich erriet durch meine Lider hindurch, daß Mama da war und mit ihr der Schnee (oder umgekehrt, die wattige

Helligkeit des Zimmers und mit ihr der unruhige Schatten von Mama). Als ich die Augen aufschlug, hatte ich vergessen, daß auch das Warten und die Tränen unser Los sind.

Es war Anfang der nächsten Woche, als Papa es mir sagte. Ich begriff, daß er es mir sagen würde, weil er eigentlich nicht hätte dasein dürfen. Ich kam aus der Schule. Mama saß im roten Sessel. Sie weinte nicht mehr. Ich nahm ihre Hand. Es war eine Art Erwachen. Nun mußte *sie* also das Land, in dem die Bäume Strohhalme, die Ungeheuer widerrufbar sind, verlassen, mußte hinaus in das der traurigen Beständigkeiten, der unumstößlichen und langsamen Jahreszeiten. Am nächsten Morgen, als ich meinerseits die Grenze überschritt, beugte sie sich über mich, um mir zu erklären, daß ich die Kommode nicht sehen könne, weil immer noch Nacht sei. Aber daß der Morgen kommen würde. Noch nie war ich vor Tagesanbruch erwacht. Ich zögerte aufzustehen, das Bett, das Zimmer zu verlassen und auf den dunklen Flur hinauszutreten. Ich stellte mir vor, so wie es abgeschiedene, unzugängliche Orte gibt, Archipele und Schneefelder, gäbe es auch verbotene Stunden, die der Abwesenheit, dem Vergessen, den Traumgestalten gehören. Wieder war Mama da, zumindest ihr heller Schatten, ihre Hand auf meiner Schulter, im Finstern. Sie blieb bei mir, bis ich mich durch die seltsame Dunkelheit vor (und nicht nach) dem Tag in die schmerzende Helligkeit der Küche gewagt hatte. Ich war nicht hungrig, nur müde. Ich begnügte mich mit Trinken. Mama kam und wischte mir den Mund ab. Ich ging wieder in mein Zimmer, das ich voller Bäume und ungreifbarer Vögel wußte, bevölkert mit allem, was ein Zimmer beherbergt, bevor die Morgendämmerung durch die Ritzen des

Fensterladens schimmert. Ich zog meine Sonntagssachen an, obgleich kein Sonntag und noch nicht einmal Tag war.

Blinzelnd kam ich in die Küche zurück und fragte mich, ob das nicht ein Streich der Nacht, der trügerischen Mächte sei, diese schwarze Gottheit im dunklen Korridor. Papa stand neben ihr, in seinem Festtagsanzug. Mit dem linken Arm umschloß er ihre Schultern. Sie war nicht mehr wirklich Mama unter all dem schwarzen Stoff, sowenig wie die in unnatürliches Licht getauchte Küche und Diele, die schweigende Stadt ringsum und die weite Welt dahinter noch wirklich dem glichen, was ich bis dahin zu kennen glaubte. Papa überprüfte, ob ich richtig angezogen war. Er half mir in den Mantel. Er vergewisserte sich, ob er auch die Schlüssel bei sich trug und bestimmte Papiere (immer hatte er Papiere). Ich ging voran, ganz steif in meinen guten Sachen, benommen, traurig oder vielmehr verzweifelt über die ungewöhnliche Zeit, den hartnäckigen bösen Zauber, der Mama verwandelt hatte, so daß sie nun schwarz, stumm, schwächer war als ich. Papa mußte sie stützen, die ganze Treppe hinab und noch auf der leeren Straße, wo unsere Schritte widerhallten.

Auch der Boulevard war leer und finster, als wären wir als einzige noch am Leben. Es war eigentlich nicht kalt, aber der Punkt des Winters schon erreicht, an dem man nicht mehr weiß, was Wärme, Düfte, ausgedehnte Dämmerungen sind, ja selbst die Hoffnung auf ihre Wiederkehr verliert. Der Bahnhof, am oberen Ende der Avenue, am Ende der toten Häuser, glich einem Schiff, das in die schlafende See ausläuft. Als wir heran waren, schien das Licht der Halle so grell, so unerträglich, daß ich an der Glastür wartete. Papa ließ Mama vorbei, dann mich. Mir war nicht, als träumte ich (denn seit ich die Augen geöffnet hatte – oder nur glaubte, sie zu öffnen, um in den Traum eines Traums zu geraten –, hatte ich nicht einen Augenblick das Gefühl, mit der Wirklichkeit zu tun zu haben), sondern als wär ich die Gestalt eines Traums in meinem weißen Hemd, und Mama, ganz in Schwarz gehüllt, die Nacht, die dem Tag vorangeht. Als müßte das unmenschliche Licht der Halogenlampen auf uns wirken wie der Morgen auf die Wesen, mit denen wir eine ganze lange Nacht gespielt, gesprochen haben, ohne ihr Anderssein je zu vermuten: nämlich uns auflösen, unsere Körper, unsere Gesichter, sogar die Erinnerung an uns auslöschen, so wie das Zimmerlicht die Geschöpfe auslöscht, die wir und die sich vielleicht selbst, wie ich es tat, für Wesen aus Fleisch und Blut hielten. Doch wir bewahrten unsere Konturen und unsere Konsistenz – ich hielt Mamas Hand – bis zu der kleinen Tür, die zu den Bahnsteigen führte. Die flache Schnauze des Triebwagens mit den großen Amphibienaugen kam auf uns zu aus der Tiefe eines Schattenreichs, bevölkert von Gestalten, die nichts gemein hatten mit dem, was einem auf der anderen Seite begegnet und was man, wenn nötig, bei seinem Namen nennen kann. Wieder hatte ich das in gewisser Weise beruhigende Gefühl, daß ich fortbestehen würde, und sei es auf seltsame Art, vielleicht wie die notdürftig verscheuchten Bewohner der Nacht, wenn man das Licht gelöscht hat und wieder einschläft.

Die Lampen hinter der dicken Scheibe glitten hinweg. Es gab keine Lampen mehr, nichts als die dichte Tünche, unter der unsichtbar die Schöpfung schlief. Ich schloß die Augen. Ich versuchte, mir das rosa Haus ins Gedächtnis zu rufen, die Spielarten der Maske, das Maiengrün, die

Früchte. Aber stets war ich zehn und wagte mich zum ersten Mal in die Nacht hinaus, kurz vor dem Morgen. Traumgeschöpfe können nicht erraten, welcherlei Helligkeit dem Licht des Schlummers folgt. Somit konnte Mai sein, wenn wir das rosa Haus erreichten, und hellichter Tag, wenn wir den Anbruch des Tages überlebten.

Als ich die Augen öffnete, waren Himmel und Erde da und das Kalkgestein des Causse de Martel, gespickt mit Wacholdersträuchern, alle gleichmäßig in violette Tinte getaucht, die sich in den Tälern und Dolinen staute. Ich wartete lange, daß die Tinte verblasse und der Tag sich zeige. Das Kalkplateau wurde fahl. Die Himmelsfarbe ging von Dunkelviolett in Mauve über. All das beobachtete ich abwechselnd, suchte nach wer weiß welchen Blumen – Hyazinthen, Hahnenfuß – und fragte mich, ob der niedrige Himmel nicht blau war. Mir schien, er war es, wenn ich mich nur recht bemühte, und wir entdeckten einen geheimen Ausgang, der aus der Urnacht auf den Vorplatz des Frühlingsanfangs führte. Aber sobald ich den Himmel aus den Augen ließ, war er, wenn ich ihn wiedersah, malvenfarben. In einem großen grauen Bahnhof stiegen wir um. Der kleine Zug legte unvermutet auf offener Strecke kurze Pausen ein. Wir würden am Rand einer Schlackefläche halten, vor einem Emailleschild, der einzigen Menschenspur. Das dürre Gras auf dem hellen Gestein zitterte. Das Brummen des Triebwagens ließ nach. Papa war aufgestanden. Ich bemerkte im Vorbeirollen den schwaren Renault Frégate auf der Landstraße und das ziegelrote Wartehäuschen. Wir hielten vor dem Emailleschild: Prayssac. Auch Mama hatte sich erhoben. Wir faßten Fuß auf der Schlacke, ohne daß es Mai geworden war.

Hinter der kleinen Tür stand Vetter Etienne. In vier Jahren hatte ich beinah vergessen, daß es ihn gab und daß er Cousine Léonie glich, vor allem die obere Gesichtshälfte, die Augen, die Stirn. Ich ging langsamer, damit Mama und Papa herankamen, er aber stieß das Türchen auf und trippelte mir entgegen, mit hängenden Armen, wie ein kleines Kind, das sich verlaufen hat oder dem etwas weh tut. Er weinte tatsächlich. Mit einem Schluchzer brachte er meinen Namen hervor. Er hob mich hoch, ohne stehenzubleiben. Er ging auf Mama zu, die er lange an sich drückte, dann umarmte er Papa, als wären sie beide wieder kleine Jungen geworden, falls sie es jemals waren. Wir verließen den Bahnsteig und kletterten in den schwarzen Frégate, der nach Plaste und frischem Anstrich roch.

Ich hatte auch den Weg vergessen. Aber kurz bevor wir da waren, erkannte ich ein Sägewerk wieder. Wir fuhren zwischen niedrigen Trockenmauern hindurch. Ich saß vorn. Niemand sprach. Der Frégate durchquerte das kleine Dorf, bog links ab, und das rosa Haus tauchte auf – nicht so wie es mir vom ersten (oder zweiten) Mal in Erinnerung geblieben war, sondern wie es in den häufigen Träumen vorkam, unversehrt, bewohnt von vertrauten Unbekannten. Draußen war niemand. Am Fuß der Treppe nahm mich der Vetter bei der Hand, als hätte er vergessen, daß ich zehn bin und daß man mit zehn Jahren allein Treppen steigen kann. Die Tür war auch dieselbe. Zuerst sah ich die Frau von Charles, dem Vetter aus Guyana, in Schwarz, und unterhalb von ihrem so ganz anderen Gesicht eine noch nicht richtig festgewordene Kugel, das Gesicht, meinethalben, ihrer Tochter, die ihr ähnlich sah. Dann umarmte ich Vetter Charles, den Sohn von

Großtante Berthe, und Großtante Berthe. Marie (die weiche Kugel mit zwei schwarzen Löchern) hatte man auch im rosa Haus getauft, im Juni vor zwei Jahren, aber damals bekam ich die Masern, und wir fuhren nicht her. Ich beugte mich über Marie. Ich umarmte auch Großtante Jeanne, dann Léonie, die sagte: das Schicksal hat es so gewollt, dann Onkel René, der dasaß mit versteinertem, hartem Gesicht, wie er es immer beim Gehen bekam. Durch eine Lücke in all dem Schwarz, das sie angelegt hatten, entdeckte ich im großen Saal die übrigen, die einen sitzend, die anderen stehend, abgehoben vom erloschenen Malventon der Fenstertüren. Ich erkannte die Maske wieder in der vollständigen Reihe ihrer Verwandlungen, die Gesichter (mit Ausnahme von Großvater). Und es schien mir, daß zwischen dem vorigen Mal und diesem eigentlich nichts geschehen war, was zählte. Daß alles, was die Zwischenzeit gefüllt hatte und mir im Augenblick sehr schön, sehr schrecklich, sehr wichtig erschienen war, nun jegliche Bedeutung verlor, nicht einmal wert war, daß man darüber sprach, es irgendeinem derer mitteilte, die unser Verstricktsein in die Zeit ein weiteres Mal zusammengeführt hatte. Es zählte einfach nur, daß ich da war, mit meinen fünfunddreißig Kilo und dem Kopf, den ich hatte. Dann sah ich den von Großtante Jeanne, verbreitert, eckig zugeschnitten und mit einem Schnurrbart verziert. Als die harte Bürste, die er unter der Nase trug, mich in die Wangen stach, erinnerte ich mich, daß es der Vetter Robert war. Wir schauten einander an, er war das Ebenbild von Tante Jeanne und auch dessen, der er schon am Tag des Pirols gewesen war, ich war mir nicht ganz sicher. Mir glückte es, ihm auszuweichen, aber schon versperrte mir ein anderer den Weg und rief mich bei meinem Namen. Ich umarmte sie alle, dabei gab ich mir jedesmal Mühe, mich zu erinnern, einen Namen für die Verbindung aus Zeit und Fleisch zu finden, deren warme Berührung ich spürte, hart oder elastisch, deren jeweilige Ausdünstung ich einatmete, das süße Parfum oder den Tabakgeruch. Das Wandbecken, die großen Henkeltöpfe zum Marmeladekochen, die zylindrischen Vasen auf dem Kamin (Geschoßhülsen waren das) fingen von wer weiß woher – aus den Siegen von einst, den versunkenen Sommern – goldene Lichter auf, die im Dämmer zwischen den schwarzen Kleidern tanzten. Ich sog noch den Bonbonduft der Cousine aus Paris ein, die soeben angekommen war, dann landete ich bei Tante Lise und Großmutter. Sie saßen beieinander in den unbequemen Sesseln, die bedeckt waren mit verschlissenen Vögeln und Laub, so farblos und matt wie Ende August. Als hätten beide, die Schwester und die Gattin, teil an einem ewigen Spätherbst, an einer Zeit außer der Zeit, endlich der Eile, dem Warten, den Hoffnungen entronnen.

Großmutter schien nicht wirklich in ihrem schwarzen Kleid und der schwarzen Jacke zu stecken noch hinter ihrem Gesicht oder bei uns zu sein, die den großen Saal füllten. Ich blieb dicht neben ihr stehen, ohne daß sie sich rührte, ohne daß ich in ihrem Blick entdeckte, was ich in den Augen all der anderen, an denen ich vorbeigekommen war, lesen konnte: daß ich existierte, wenn auch nicht auf die gleiche Weise, unter dem gleichen Gesichtspunkt und mit dem gleichen Maß an Wichtigkeit, wie ich es mir einbildete, wenn ich allein war und mich mühte, mir meine eigene Existenz vorzustellen. Ich ahnte, daß es, weil Großmutter uns alle und sich selbst vergessen hatte, nun meine Aufgabe war, die Initiative zu ergreifen und sie zu berühren, so wie sie selbst es getan haben muß beim ersten Mal, dem wirklichen, als ich zwei Nadellöcher war, die sie dann Großvater hinhielt, für das Foto auf der Treppe. Ich streichelte vorsichtig ihre Wange, die blaß und kalt war. Ich wußte nicht, was ich sagen sollte. Vielleicht gab es nichts zu sagen, bloß zu tun, was ich tat: Großmutter in Erinnerung rufen, daß jener Teil von uns selbst, der uns entrissen war (und ihr, Großmutter, mehr als jedem anderen), uns nicht vollkommen entrissen war, weil wir immer noch den großen Saal des rosa Hauses füllten. Daß das übrige, was Großvater noch hätte sagen oder tun können, wie alles, was irgendwer von uns getan und gesagt hatte seit vier Jahren oder seit eh und je, nicht so wichtig war. Nur, daß es uns weiter gab.

Ungefähr das muß ich verworren gedacht haben, als ich die andere Wange küßte. Ich hatte mich noch nicht ganz wieder aufgerichtet, da sagte Tante Lise meine Namen. Ich fühlte ihre Hand an meinem Hals, gleich darauf an meiner Wange, meiner Stirn, von wo sie über Nase und Lippen hinabglitt zum Kinn. Wieder legte sie sich auf meine Wange, winzig, leicht, braunfleckig wie ein Herbstblatt, doch gebieterisch und fest. Das blinde Gesicht blieb den schwarzen Kleidern zugekehrt, aus deren Richtung das Stimmengewirr kam, hell und dunkel, verhalten, gedämpft. Ich küßte die harten Backenknochen des blinden Gesichts, das ein bißchen das von Großvater hätte sein können. Die Hand blieb auf meiner Wange. Die Stimme, ähnlich wie die Hand, gebrechlich und stark, inquisitorisch, fragte, ob ich mich erinnerte. Ich sagte: ja. Daß es das dritte Mal sei, doch das zweite, an das ich mich erinnern könne. Das schmale Gesicht unter dem schneeweißen Haar neigte sich zweimal. Die Hand blieb noch ein bißchen an meiner Wange, die Fingerspitzen auf meiner Schläfe, dann entschwand sie.

Ich wußte, ich weiß nicht woher, daß Großvater im ersten Zimmer war, und ich spürte, daß diese Anwesenheit schrecklicher war als schlicht und einfach die Abwesenheit, die ihm nun bevorstand. Mama war bei Großmutter. Ich hatte in der Brust dasselbe eigenartige, kalte Gefühl wie beim vorigen Mal, als wäre sie in dem großen Saal etwas weniger das, was sie war und in alle Ewigkeit sein sollte: Mama.

Ich machte mich daran, wieder den Saal zu durchqueren, in umgekehrter Richtung, dem Eingang zu, um hinauszugelangen, hinter das Haus, dann den Hohlweg hinab. Ich setzte eine harmlose Miene auf. Ich hatte beinah das erste Zimmer erreicht, als dessen Tür sich öffnete. Ich stieß gegen die Weste von Antoine, der aus dem Zimmer kam (ein angeheirateter Vetter wer weiß welchen Grades). Er besaß einen Bauernhof, weit weg, in der Dordogne, er hatte die Augen voller Tränen. Ihm folgte schluchzend Margot, seine Frau, und schloß leise die Tür. Ich atmete den Geruch des Zimmers. Es war der des rosa Hauses, vermischt mit anderen Gerüchen: von Blumen, Abgestandenheit, vielleicht auch Tod, denn dort drinnen hatte Großvater aufgehört zu leben, wie vor ihm sein Vater und andere, deren Bild man nicht besaß, die nicht einmal mehr einen Namen hatten. Antoine hatte einen eigenen Kopf, breit und rot unter dem graumelierten Haar. Margot schien aus Teilen und Stücken zu bestehen, die man da und dort im großen Saal aufgelesen und ziemlich wahllos zusammengesetzt hatte, ob sie nun paßten oder nicht. Sie wußte, wer ich war. Sie roch nach Veilchen. Ihre Wangen waren ganz naß. Sie sagte etwas zu Antoine, in ihrem Dialekt. Ich konnte mich davonstehlen. Ich bahnte mir in dem trüben Licht einen Weg durch die dunklen Stoffe. Ich wich einer Gruppe von Männern aus, erkannte im Vorbeigehen den Rücken von Papa, erreichte das Wandbecken. Eine Reihe Cousinen, gut dreißig oder fünfunddreißig Jahre alt, zierte die Bank. Dahinter gab es nur noch den Vorraum, ich erblickte schon die Tür. Ich küßte die Cousinen, der Reihe nach von links nach rechts, antwortete einsilbig – ja, ja, nein, ja – auf die kindischen Fragen, die sie mir stellten, während ich mich etwas herabbeugte, um sie zu küssen, und an meiner Wange ihre runden Wangen fühlte, ihren zarten, fruchtigen Duft roch. Im Hauseingang war ich endlich frei. Der Cousin aus Paris, Alcide, sprach mit einer Cousine, die ich schon begrüßt hatte. Bis dahin hatte ich sie stets nur getrennt gesehen und nicht bemerkt, daß sie Geschwister waren, was nun so offenkundig erschien, daß ich eine kleine Pause einlegte, um die Tatsache in Betracht zu ziehen. Ich begriff, daß es mir noch nach zehn Jahren nicht gelang, die komplizierten Fäden zu entwirren, die uns miteinander verbanden und uns irgendwann im Jahr, selbst an einem Wochentag, im rosa Haus zusammenführen konnten, ungeachtet unserer Lebensgewohnheiten, unseres Alters, der Entfernung, der Grenzen zwischen Tag und Nacht.

Ich versuchte, die Miene eines Menschen aufzusetzen, den ein wichtiges, keinen Aufschub duldendes Vorhaben ruft, was übrigens genau der Fall war. Ich ging an Alcide und seiner Schwester vorbei und berührte mit zitternder Hand den Bronzeknauf der Haustür. Ich erhoffte nichts mehr vom Himmel, der immer noch trüb aussah, als wäre der Tag unterwegs stehengeblieben. Ich zählte auf die Bäume, jenseits vom Hohlweg. Ich öffnete die Tür. Drei Männer, mit Schirmmützen auf dem Kopf, waren auf halber Treppe angelangt. Ich dachte an drei Brüder, oder vielmehr drei Vettern – vier, zusammen mit dem, der gerade aus dem schwarzen Renault stieg –, dann betrachtete ich das Auto und begriff, daß es keine Vettern waren. Auch die anderen, die Vettern, die Großtanten hatten es begriffen. Mit einem Schlag verstummte das Geraune, das hell und dunkel, gedämpft den großen Saal erfüllt hatte. Papa stand neben mir, seine Hand umschloß meine Schulter, als ob die vier Männer sich irren und mich, der erst zehn Jahre alt war, anstelle von Großvater mitnehmen könnten. Sie traten ins Haus. Sie durchquerten den großen Saal. Nun drückte nicht mehr Papa meine Schulter, sondern Vetter Robert. Die anderen waren den vier Männern gefolgt. Das Schweigen war so groß, daß ich aus zehn Metern Entfernung alle Geräusche wahrnahm: ein schwerer Deckel wurde zugeschlagen, Eisen stieß mit hellem Klang gegen Eisen, Menschen gingen hin und her, eilig, diskret, sachkundig. Wieder herrschte Stille. Ich wußte, sie war aus Weinen und heftigen Gebärden gemacht, die sofort unterdrückt wurden. Dann hörte ich schwere Schritte aus dem Zimmer kommen, sich nähern. Die beiden hinteren Träger gingen seitwärts, um den Sarg in Richtung Haustür zu lenken. Roberts Hand drückte fester auf meine Schulter. Dann kam Großmutter, das Bündel schwarzer Kleider, unter dem, schwer vorstellbar, Großmutter sein sollte und das lautlos zu Boden geglitten wäre, wenn nicht Tante Lise, kerzengerade, sehr groß, wir mir schien (obwohl sie nicht größer war als Großmutter), sie gestützt hätte. Danach kam Mama, deren Gesicht ich nicht sah. Papa hielt seinen Arm um ihre Schultern, Tränen flossen über seine Wangen. Onkel René hatte nur sein verkrampftes, beinah unkenntliches Gesicht, wie immer beim Gehen.

Als nur noch wir da waren, ich meine Vetter Robert und ich, ließ er mich den Mantel überziehen, und auch wir traten hinaus in das violette Licht. Es hätte acht Uhr morgens oder ebensogut fünf Uhr abends oder eine andere, überzählige Stunde sein können, die zwar zum Tag gehörte – man konnte ja sehen –, aber getränkt war mit dem Dunkel der Nacht. Ich fragte Robert nicht nach der Zeit, denn auch er hatte, als ich den Kopf hob, die Augen voller Tränen. Der Leichenwagen fuhr im Schrittempo, wir folgten ihm zu Fuß bis zum Friedhof, der nicht weit weg war, auf halber Strecke zwischen dem Dorf und dem rosa Haus. Am Eingangstor warteten Leute aus dem Dorf, die ich nicht kannte. Ich stand lange an einer Zypresse. Robert ließ meine Hand nicht los.

Zum Schluß gingen wir an der offenen Gruft vorbei. Ich sah im Schatten den neuen Sarg, den Glanz des lackierten Eichenholzes, die schimmernden Griffe, ich sah daneben und darunter die älteren Särge, nachgedunkelt, weil sie so lange schon in der Erde lagen. Papa war wieder da. Er faßte mich bei der Hand. Onkel René, auf seinen Stock gestützt, sprach mit jemandem aus dem Dorf. Mit Papa ging ich zurück zum Gittertor. Von neuem mußte man alle küssen. Großmutter war schon mit Mama und dem Vetter Etienne heimgefahren. Auf der weichen und, wie mir schien, leicht schwankenden Erde wollten meine Beine mich nicht recht tragen. Ich atmete den Fruchtbonbongeruch der Cousine aus Paris, dann den Geruch einer Zypresse, trockener Steine, kalter Erde, und hörte die Stimme von Tante Lise. Sie sagte zu Papa, den sie mit seinem Vornamen ansprach, wie mich: ein Weilchen nur, bis der Kleine (das war ich) sich ausgeruht und etwas gegessen hat. Als ich sie hörte, wurde mir bewußt, daß die Erde nicht unter mir schwankte, daß sie gar keinen Grund dazu hatte. Und daß das von der Müdigkeit oder dem Hunger kam, aber daß ich nicht hatte darauf achten können, weil ich von Anfang an den Zeitsinn verloren hatte, wo doch die Zeit und der Hunger zusammenhingen. Ich sagte, ich wollte sagen, daß…, aber Papa war den Bruchteil einer Sekunde schneller: nein, sagte er. Wir würden mit dem Zug Viertel nach fünf zurückfahren. Danach würde es zu spät. Tante Lise schüttelte nur den Kopf, der ein bißchen wie der von Großvater war, nur spitzer und zarter. Mir kam der Gedanke, daß Großvater fortan wie Tante Lise war in seinem Dunkel, daß er diese undurchdringliche Maske mit den geschlossenen Lidern trug.

III

Das nächste, also das dritte (oder vierte) Mal war noch im gleichen Jahr. Doch mir scheint, daß von da an bestimmte Dinge selbstverständlich, ja beinah vertraut wurden, wie: jeden Morgen mein Zimmer wiederfinden oder in großen Abständen das rosa Haus betreten und nicht mehr nur in Malen wahrnehmen, daß etwas tatsächlich existierte.

Großvater war seit fünf Monaten tot. Der Himmel war so blau, wie er nach dem elften Lebensjahr bestimmt nie wieder ist. Ich las im roten Sessel. Mama hatte die Fensterläden geschlossen wegen der Hitze. Das Licht im Speisezimmer war rötlich. Ins Haus drang ein herber Geruch nach schmelzendem Asphalt, nach den Früchten der Platanen und reifem Obst. Ich sagte: ich las. In Wahrheit hielt ich ein Buch in Händen, dasselbe wie tags zuvor, aber ich las nicht wirklich. Seit dem Morgen wußte ich, daß ich am Abend im rosa Haus sein würde, so war das Buch, ein schwarzleinener Band, durchsichtig geworden. Ich hatte es vom Nachttisch geholt, weil ich dachte, daß mit ihm die Zeit schneller vergehen, vielmehr daß es mir gelingen würde, an etwas anderes zu denken als an die Zeit. Ich hatte die Hürde des Morgens schon genommen, aber wenn man elf ist, gibt es den Morgen kaum. Die Nacht ist ganz nah mit ihren Geschöpfen, ihren umkehrbaren Dramen. Man ist noch damit beschäftigt, sich zurechtzufinden, schon ist Mittag. Das Licht von draußen wurde weiß.

Mama hatte die Fensterläden geschlossen. Mit viel Geduld und der Hilfe des Buches, in dem ich nicht las, bin ich den steilen Hang zur Tagesmitte hochgeklettert. Mama ließ mich eine halbe Tablette Nautamin nehmen, dann ging sie meinen Koffer packen. Sie hatte die Zeit so gut berechnet, daß sie gerade dabei war, den Deckel zu schließen, als Papa heimkam. Ich hatte keinen Hunger, nicht einmal Durst. Ich wartete im Flur, daß Papa das Hemd wechselte und sich ein wenig ausruhte.

Draußen hatte das Licht jenen heftigen Glanz verloren, den es gegen ein Uhr annehmen kann, aber die dumpfe, von den Hauswänden abgestrahlte Hitze zwang einen, mit offenem Mund zu atmen. Ich murmelte vor mich hin, daß Abend sei und ich wegfahre. Und daß ich wahrscheinlich nicht schlafen würde. Wir warteten einen Moment, bis der 4 CV seine Backofenhitze abgegeben hatte. Der Benzingeruch zwang mich schon, die Lippen zusammenzukneifen. Papa öffnete die Haube, um meinen Koffer zu verstauen. Dann ging er mit der besorgten Miene, die er bekam, wenn er dem Auto eine längere Anstrengung abverlangen mußte, nach hinten und hob die Motorklappe an. Ich wußte, daß er den Ölstand maß. Ich stellte mir jede der einfachen Bewegungen vor, mit denen man den Meßstab herauszieht, prüfend ansieht, abwischt, in seine Hülle zurücksteckt, aber der Blechdeckel versperrte die Sicht aus dem Rückfenster, während ich in Gedanken dreimal die nötigen Bewegungen ausführte. Dann fuhren wir los.

Mit äußerster Sorgfalt beobachtete ich die unveränderlichen Zeichen der Abfahrt. Ich zählte die tristen Häuser der Avenue de Toulouse, registrierte die Brücke, die ersten Weidewiesen voller Wollgras, die dichten, noch sonnengesättigten Bäume, den Bahnhof Azur. Das Dröhnen des Motors in meinem Rücken schwoll an, wenn wir bergauf fuhren. Als genügten nicht die Kurven, der hartnäckige Benzingeruch, mußte ich noch dazu auf diese schwere Kugel achtgeben, die mich in den Magen stieß, obgleich ich nichts zu mir genommen hatte außer der halben Tablette. Wir fuhren durch sanfte Täler, den rauhen Hang hinauf, auf dessen Gipfel weißer Fels den roten Fels ablöste. Danach wurde der Lärm hinter mir schwächer. Vorsichtshalber erkundigte ich mich bei Papa. Die Dinge bekamen, wenn er über sie sprach, eine Festigkeit, die mich von weiterem Nachdenken befreite. So konnte ich mich mit der schwarzen Blase beschäftigen, die sich in mir bilden wollte. Ich schloß die Augen, um meine ganze Aufmerksamkeit auf sie zu richten.

Ich sah den funkelnden, sternübersäten Himmel, sah ein Stück rosa Wand, das die helle Lampe über der Haustür aus der Nacht herausschnitt, als wäre ein Teil des vergangenen Tages dort hängengeblieben, am oberen Ende der Freitreppe, einfach weil noch Sommer war, weil es das rosa Haus war und weil ich wiederkam. Gleich daneben war auch das starre Gesicht von Tante Lise. Ich spürte auf meiner rechten Wange ihre Hand (die andere ruhte auf Papas Hemd), dann Großmutters Gesicht an meinem, dann den Geruch des rosa Hauses. Ich hätte gern die Augen offengehalten, um mich vom Fortbestand der Orte zu überzeugen, an dem ich gezweifelt hatte; um die plötzlich hereingebrochene Stunde mit den Stunden zu verknüpfen, die dort verstrichen waren; um gleich loszurennen, zu suchen, gewiß auch zu finden. Aber ebenso gern wollte ich zurück in das Vergessen, aus dem ich gerissen worden war.

Als ich die Augen wieder öffnete, hatte ich in keinem Moment aufgehört zu wissen, wo ich war. Trotz der tiefen Dunkelheit im Zimmer mit den dichten Fensterläden war ich sicher, daß draußen sehr schönes Wetter war. Gern hätte ich mich bei wem oder was auch immer bedankt. Die Zeit rann dahin. Ich glaubte, ihr feines Vibrieren zu hören, nicht sehr weit entfernt. Der große Saal war so hell, daß er im Morgenlicht zu schwimmen schien. Tante Lise, ganz in Schwarz, saß an der Fenstertür. Sie drehte den Kopf, als ich die Tür aufmachte. Es wunderte mich, daß sie nichts sah, während ich die Augen zusammenkneifen mußte. Ich trat zu ihr und küßte sie auf die mageren Wangen. Ich stand still, ich zog die Hand, die sie festhielt, nicht zurück. Es gibt Dinge, die man mit elf Jahren endlich gelernt hat. Ich achtete sogar darauf, nicht vor lauter Ungeduld mit den Nasenflügeln oder den Wimpern zu zucken, während ihre trockene und doch so weiche Hand über mein Gesicht strich. Sie sagte, Mama und Papa seien sehr zeitig zurückgefahren und Großmutter bereite gerade mein Frühstück. Ich sagte nicht, daß ich weder Hunger noch Durst hatte oder daß vielmehr die Worte Hunger und Durst und noch einige andere im Augenblick ohne jede Bedeutung waren, ich sagte es einfach deshalb nicht, weil Tante Lise das Gegenteil behauptet und die Diskussion länger gedauert hätte, als ich für zwei Schnitten und eine Tasse Schokolade brauchte.

Ich war nicht mehr zwei Nadellöcher, die sich der Welt öffneten. Ich war nicht nur fähig zu sehen, zu wissen, daß ich sah, und es in Erinnerung zu behalten, sondern ich konnte auch vorausschauen und, selbst mit Tante Lise, vorteilhafte Kompromisse schließen. Schnell durchquerte ich den Saal, vergewisserte mich, daß das Wandbecken, die Uhr, die Vasen den Glanz des Morgens spiegelten. Vielleicht hätte Großmutter akzeptiert, daß ich keinen Hunger hatte und sofort hinauswollte, aber Tante Lise hätte mir auf dem Rückweg Fragen gestellt, denen man Gründe entgegenhalten mußte. So tat ich, als ob ich frühstückte. In Wahrheit aß und trank ich, um das Frühstück hinunterzuwürgen, ging dann in den großen Saal zurück, den ich wiederfand, wie ich ihn verlassen hatte, und in mein Zimmer. Auf dem Waschtisch standen ein Krug und eine Schüssel aus Steingut. Ich goß das Wasser aus dem Krug in die Schüssel. Ich zog die leichten Sachen an, die Mama auf den Stuhl gelegt hatte, und meine Sandalen. Ich richtete mich auf und machte einen Schritt zur Tür. Mir fiel ein, daß Tante Lise da war. Ich schnaufte leise durch die Nase. Ich trat wieder an die Schüssel und rührte mit den Fingerspitzen im Wasser. Dann machte ich ein zweites Mal einen Schritt zu Tür, dachte nochmals an Tante Lise (aber ich hatte nicht wirklich aufgehört, an sie zu denken), plätscherte wieder mit dem Wasser, ergriff den Lappen und fuhr mir rasch übers Gesicht. Deutlich nahm ich dieses stechende Vibrieren des ersten Morgens wahr.

Ich wußte, daß jeder einen Augenblick lang im milden Licht lebt. Daß Großmutter, die anderen, selbst Tante Lise, so seltsam das erschien, gewesen waren, was ich sein durfte in dem Zimmer, wo ich das Wasser plätschern ließ. Und ich wußte auch: nachdem eine bestimmte Anzahl von Tagen vergangen wäre, einfach Tage mit verkürztem Morgen, langsamem Nachmittag, käme der Tag, an dem mich niemand mehr zwingen würde zu essen, zu trinken, dann mich zu waschen, wo ich doch gut darauf verzichten konnte und nur hinauswollte. Sowie dieser Tag da wäre – ich wußte, daß er käme, vermochte aber nicht, ihn mir vorzustellen –, würde ich nicht mehr diese Heftigkeit, diese Eile spüren. Ich würde drinnen sitzen mit dem immer gleichen, durchscheinenden, traurigen Gesicht, wie Großmutter es hatte, es sei denn (ich lächelte verlegen ins Handtuch hinein), ich hielte mich wie Tante Lise im großen Saal auf, um die, die es noch nicht gab und die dann elf Jahre alt wären, daran zu hindern, hinauszulaufen, bevor sie nicht gefrühstückt und das Wasser in der Waschschüssel getrübt hatten.

Ich warf das Handtuch beiseite und ging wieder zu Tante Lise. Sie bat mich nicht einmal, näher zu kommen. Ich bedauerte, soviel Zeit mit dem Plätschern im Wasser vergeudet zu haben. Aber sie muß damit gerechnet haben, dachte ich, daß ich so rechnete, und hätte mich bestimmt in mein Zimmer zurückgeschickt, wenn ich es versäumt hätte, nicht mich zu waschen, sondern an sie zu denken, die an mich dachte, während ich an sie dachte. Dann sagte ich Großmutter, die die Bestecke und Tassen abwusch, daß ich hinausginge, und war dabei schon draußen.

Ich bog um die Hausecke, ging vorbei an der Zisterne und tauchte ein ins Juligras. Die abschüssige Wiese und der Hohlweg erwachten. Die Luft schmeckte saftig und süß. Ich reichte kaum über die Federn und Flocken der hohen Gräser hinaus. Ich rannte die Wiese hinab. Ich hätte endlos so laufen können. Ich bog nach links ab in Richtung der Aprikosenbäume, die so voller Früchte hingen, daß sie vor dem blauen Himmel leuchteten. Himmlischer Instinkt, blinde Gewißheit leiteten mich noch wie beim zweiten Mal, vor fünf Jahren, wie an jedem Tag seit elf Jahren.

In dieser Zeit, und noch ein wenig darüber hinaus, genügt es zu wollen, daß etwas sehr Schönes, Unfaßliches geschieht, und es begegnet uns. Dabei kommt es uns nicht in den Sinn, daß es auch hätte nicht geschehen können oder aus einem anderen Grund als unserem beiläufigen Wunsch, der vertrauensvollen Erwartung, deren wir fähig sind in jenem Alter.

Ich kämpfte gegen eine Schar Doldengewächse und tauchte zurück ins hohe Gras. Die ersten Aprikosenbäume waren erreicht. Ich hob den Kopf, ich nahm gleichzeitig den grellen Schrei, das Händeklatschen und den kreiselnden Flug des Geschosses wahr, des Vogels, der auf mich zustürzte. Ich folgte der Flugbahn mit meinen Blicken, bis sie auf die Erde traf, ein Stück weiter unten, in nicht sehr großer Entfernung, dort wo die Pflanzen am dichtesten standen.

Vielleicht empfing ich daher eine zusätzliche Freude. Ich sagte oder dachte, daß es richtig und gut so sei. Und so war es, seit ich die Augen geöffnet hatte, sogar vorher schon, im Schlaf. Ich war beinah ohne Eile. Ich ging durch ein Büschel Angelika. Der Vogel lag dahinter, im Gras, einen Flügel ausgebreitet, als hätte er in seinem Sturz ein Stück des blendenden Himmels mitgenommen. Ich wußte, daß er tot war. Daß das flache Geräusch, das ihn aus dem tiefen Blau gerissen hatte, ein Gewehrschuß war. Ich wußte auch, daß er bereits einen Namen hatte und nicht völlig meiner unklaren Hoffnung entsprungen war. Aber ich trat näher, als könnte er davonfliegen oder sogar dahinschwinden, einfach nicht mehr existieren, und als wäre ich dann, wie beim Erwachen, außerstande zu sagen, daß es überhaupt etwas, nicht einmal unbedingt einen Vogel, gegeben hatte dort, wo nichts mehr war. Ich ließ ihn nicht aus den Augen, solange meine Hand sich ihm näherte, bis sie den Abstand zwischen uns überwand, ihn erreichte, seine Weichheit und Wärme spürte, das unglaubliche Blau seiner Flügel, Farbe vom Himmel, den sie durchkämmt hatten.

Ich hätte ihn gern gezeigt, von ihm gesprochen, um mich zu erleichtern von der Last des Staunens, die ich, mit elf Jahren, allein trug in dem frischen Tal. Nicht zu Tante Lise, die versuchen würde, ihn mir wegzunehmen, damit ich mir die Hände wusch, und es würde ihr gelingen, so daß er verschwände wie schon der andere, der Goldvogel. Ich dachte an Großmutter, und mir wurde jetzt bewußt, daß sie sich verändert hatte. Sie hatte nicht gesprochen, während ich bei ihr in der Küche saß und sie darauf wartete, daß ich fertig würde, damit sie meinen Becher ausspülen und den Tisch abwischen konnte. Ihr Gesicht, ihre ganze Person hatten anscheinend seit dem Tag im letzten Winter, als Großvater uns verließ, ihre Dichtigkeit oder ihre Kontur nicht wiedergefunden. Ich richtete mich auf, um mit dem Vogel ins rosa Haus zurückzukehren. Ich blieb zwischen den hohen Gräsern stehen, im lodernden Licht. Ich atmete die zum Sprechen gesammelte Luft wieder aus, es war ja niemand da, mit dem ich reden konnte. Ein Weilchen gestikulierte ich im Stehen, dann setzte ich mich. Ich legte den Vogel vor mich hin, mit ausgebreiteten Flügeln, darauf all dieses Blau, das er aus dem Himmel genommen hatte. Die Zeit verging.

Es war am Abend, nicht unbedingt am ersten Abend im Juli, doch an einem Juliabend in meinem elften Lebensjahr, als ich erfuhr, daß es noch einen anderen gab. Die aus dem großen Saal, die ich oben auf dem Kamin unter Glas sehen konnte, kannte ich allmählich. Es gab sie auch außerhalb. Meine erste Sorge nächst dem Vogel, dem Eichelhäher, galt den Nadellöchern auf Großvaters Hemd. Später – es war Abend – bat mich Tante Lise, in ihrem Zimmer nachzusehen, wo sie einen ihrer Haarkämme aus Schildpatt verloren hatte. Er lag auf dem Fußboden, unter dem Bett. Ich reichte ihn ihr. In ihrem Zimmer gab es ein schmales Eisenbett und einen winzigen Toilettentisch. An der Wand aus rohem Gips hingen zwei Porträts: ein Foto und eine Zeichnung. Als ich die Zeichnung sah, sagte ich sofort, ganz laut: das ist... mehr brachte ich nicht über die Lippen, als wäre das Wort, der Name, den ich aussprechen wollte, soeben zerstäubt, lautlos explodiert und als könnte jeder der Splitter, der Namen, die daraus hervorgingen, zu dem vollen, zarten Gesicht unter dem großen Strohhut passen, der das steile Licht eines Sommers von einst zerstreute. Ich wiederholte: das ist... ohne daß der Name folgte. Ich ging näher heran. Ich trat einen Schritt zurück. Ich dachte an mehrere Personen gleichzeitig: an Großvater, wenn Großvater ein junges Mädchen gewesen wäre, an Onkel René, an Mama, wenn ich meine Aufmerksamkeit auf die mittlere Partie des Gesichts, vor allem auf die Augen, konzentrierte. Tante Lise hatte sich zu mir gedreht. Sie steckte ihr Haar auf, das weiß war wie Schnee. Ich hatte mich noch nicht ganz an ihre geschlossenen Augen gewöhnt. Ich dachte, daß sie letzten Endes die Traumbewohner oder die Stunden und Orte bevorzuge, die man sich im Schutz geschlossener Lider vorstellen kann und die nicht unbedingt dieselben sind, denen man auf der anderen Seite begegnet. Ich sagte noch einmal mit leiser

Stimme: das ist... ohne daß sich der Name bildete, den ich aussprechen wollte. Da fragte ich Tante Lise, wer das denn sei, das Gesicht, dort auf der Bleistiftzeichnung. Das bin ich, sagte sie, genau in dem Augenblick, als das Gesicht des jungen Mädchens und das ihre – gleichbleibend, abgezehrt, wie abwesend – miteinander verschmolzen. Mir kam es vor, als erblickte ich blitzartig die Zeit, die Abfolge der Zustände, die Etappen, über die hinweg das Porträt an der Wand und die wirkliche Tante Lise, die geläuterte, blinde Maske, eins waren. Ich sagte: ja. Das bist du, natürlich bist du das.

Ich wandte mich dem Foto zu, gegenüber vom Bett. Mir schien, daß ich auch dieses Gesicht (es war ein Mann) schließlich erreichen würde über die Reihe der Metamorphosen, die mich von dem jungen Mädchen zu Tante Lise geführt hatten und von dieser zu jenem. Daß ich nur, statt gleich zu fragen, eine weitere Sekunde warten müßte, und der Name käme dann ganz von selbst. Ich hatte bereits vertraute Züge entdeckt, den Blick von Mama, die Nase von Großvater. Und es entstanden Zwischenbilder in der großen Leere, die uns, Tante Lise (die wirkliche) und mich, von dem stehenden Wasser, dem braunen Licht trennte, in dem der vertraute Unbekannte schwamm, ganz so wie die Männer von früher in ihren Gehröcken, die Frauen von früher in ihren Spitzenblusen, alle aufrecht, ernst, vor einer Kulisse aus schweren Vorhängen, herbstlichem Wald oder griechisch-römischen Ruinen. Als hätten sie in ewiger Dämmerung oder einem endlosen Spätherbst gelebt und als wären der Morgen, die Farben ungefähr erst mit mir gekommen: zunächst eine Flut von weißem Licht, das die Schatten und Blicke hervorhob, und jetzt der glühende Abend am Fenster, der rosa Himmel über den ockerfarbenen Ziegeln des Schuppens, das zarte Grün der Zweige am reglosen Lindenbaum. Der Herbst und das Fehlen von Farbe und Hoffnung, die verjagt waren aus der Welt, hatten sich hier in dem kahlen, schwarzweißen Zimmer verschanzt, wo Tante Lise mit einer linkischen Bewegung ihr Haar aufsteckte.

Sie sagte: André. Er war es, der ihr Gesicht von früher, das junge Mädchen, das sie einmal gewesen war, gezeichnet hatte. Sie fügte hinzu, daß ich ihn nicht kennen könne. Er sei 1914 gestorben. Er war ihr älterer Bruder. Und doch schien es mir, daß ich letzten Endes darauf gekommen wäre. Nicht auf den Namen, obgleich er beim Nachdenken schließlich zu dem wird, den man rückblickend diesem Gesicht gibt, das er vom ersten Augenblick an benannt und von all den anderen, zugleich ähnlichen und verschiedenen Gesichtern unterschieden hat. Nicht auf den Namen, aber darauf, daß dieses verblaßte, traurige Bild einen Bruder von Tante Lise, vielleicht ihren älteren Bruder zeigte. Ich habe es noch ein wenig in seiner Dämmerung angesehen.

Er war sieben Jahre älter als Großvater, aber er hatte keine Kinder, weil er mit achtundzwanzig Jahren getötet wurde. Kurz bevor Großvater und die anderen den deutschen Ansturm bei Nanteuil-le-Haudouin zurückwarfen. Im August, in Belgien. Deshalb fehlte auf dem Friedhof sein Name. Als wäre er kein verblaßtes Dämmerbild, sondern ebenso lebendig wie ich es sein konnte trotz meiner Müdigkeit, er, in der milden Abendhelle eines riesigen Tages in einem Sommer von einst. Als wäre die Zeit nicht wirklich vergangen, zumindest nicht vollständig, sondern hätte da und dort unversehrte Stücke zurückgelassen, ein Lächeln, Helligkeit, Augenblicke, die sie zu erreichen und zu bewegen vermochten, sie, Tante Lise, für die das späte Licht, das ich aufnahm, nur noch Abwesenheit und Finsternis war.

Mir schien, daß auch ich, wenn ich länger in dem Zimmer bliebe, von Herbst und Schweigen überwältigt würde. Trotzdem wartete ich, bis Tante Lises Hand ihre gewöhnliche Stellung einnähme, ausgestreckt, in halber Körperhöhe. Ich nahm ihre Hand. Wir kehrten in den großen Saal zurück. Ich führte Tante Lise zu ihrem Sitzplatz an der Fenstertür. Ich sagte ihr, daß auf dieser Seite der Himmel blau sei wie die Federn des Eichelhähers, doch auf der Seite des Schuppens rosa wie der Putz des Hauses. Sie neigte den Kopf. Ein leises Klirren von Besteck und Porzellan drang zu uns aus der Küche, wo Großmutter das Essen vorbereitete.

Es war wiederum Abend, an einem anderen Tag, aber ähnlich heiß, ein Abend von so zärtlicher, so guter Klarheit für jemanden, der elf Herbste und elf Winter kennengelernt hatte, daß ich das Bedürfnis empfand, darüber zu sprechen. Und erst in dem Augenblick, als ich den Mund aufmachte, oder sogar noch später, als ich schon die Farbe des Hohlweges beschrieben oder den ersten Stern angekündigt hatte, besann ich mich. Da nahm ich Tante Lises Hand, damit sie vergesse, daß jenseits der dichten Nacht, in der sie lebte, der Abend sich auf das rosa Haus senkte und ein weiteres Mal der Morgen käme. Hinter dem Haus hatte ich noch mehr Vögel gefunden. Zuerst einen anderen Eichelhäher, aber verwest, wimmelnd von Würmern und dermaßen entstellt, daß ich ihn kaum als Vogel erkannt hätte, wären nicht ein paar Federn, gleich winzigen Himmelssplittern, an der dunklen Fäulnis haftengeblieben. Dann einen ganzen Schwarm Stare, verstreut im Gras, das anfing gelb zu werden. Ich kannte sie. Wenigstens glaubte ich sie zu kennen, weil ich den starken Wunsch hatte, die Bestandteile der großen Schwärme zu untersuchen, die wie Feilspäne auf die bewaldeten Anhöhen niedersanken, rings um die Stadt, wenn der Herbst gekommen war. Und jetzt konnte ich sie anfassen, die länglichen, steifen, erkalteten Körper mit dem metallischen Glanz, die gewiß – ich erinnerte mich dunkel – jenen stählernen Vögeln glichen, die das Stoppelfeld aufrissen, auf dem Großvater Paris verteidigt hatte. Ich nahm einige Federn von den Staren, wie schon vom Eichelhäher und von der großen Krähe, die ich im Maschendraht hängen fand, gleich neben den Obstbäumen, die sie zu plündern pflegte.

Es war also in der Abenddämmerung. Schwaden trockener Luft, die nach überhitztem Gestein schmeckten, drangen durch die zum Hügel hin geöffneten Flügel der Fenstertüren. Ich hielt Tante Lises Hand. Da fragte ich sie. Sie sagte, ich solle erst das Blut abwischen. Ich erwiderte, daß ich mir auf dem Rückweg die Hände gewaschen hätte, sie aber sagte, es sei noch etwas klebengeblieben. Ich besah meinen Arm. Auf der Innenseite entdeckte ich eine lange Spur, schwarz und rissig. Ich ging sie abwaschen und setzte mich dann wieder.

Tante Lise hatte sich nicht gerührt. Sie saß mit dem Gesicht zum Hügel, der in den Schatten des Hohlwegs tauchte. Tante Lise fing genau in dem Augenblick zu sprechen an, als ich den Mund öffnete, um nochmals zu fragen, als hätte sie das an meiner Hand gemerkt, die ihre Hand hielt. Sie sagte, daß er alt sei und auf einem Auge blind. Nicht wie sie, wegen der Zuckerkrankheit, sondern infolge eines Unfalls. Früher habe er Bäume beschnitten, in den Landes, ein Holzsplitter sei ihm ins Auge gedrungen. Dies, weil ich ihr, Tante Lise, gesagt hatte, nie sei er mir begegnet, der Mann, der die goldenen oder himmelblauen Vögel tötete, indem er in die Hände klatschte, wie ich beim ersten Mal geglaubt hatte, denn erst später begriff ich, daß es Gewehrschüsse waren.

Tante Lise setzte hinzu, daß die Obstgärten nicht immer bis an den Hügel herangereicht hätten. Als sie in meinem Alter gewesen, gab es dort überhaupt keine Obstgärten. Ihr Vater baute Mais, Wein, Tabak an, bis André – du weißt – und dann Großvater, aber vor allem André, beschlossen fortzugehen und der Urgroßvater den Hügel verkaufte, nicht an den Einäugigen (der war noch nicht da), sondern an den vorherigen Bewohner von La Roche (so hieß das Nachbargrundstück. Vom rosa Haus aus konnte man das Wohngebäude nicht sehen, es wurde vom Rand des Hügels verdeckt). Er also, der Nachbar, hatte begonnen, Obstbäume anzupflanzen, Pflaumenbäume, damals als André in Toulouse Philosophie studierte.

Tante Lise fragte mich, ob mir denn klar sei, was das bedeutete, Philosophie zu studieren, 1905. Ich fragte sie, was das sei: Philosophie. Sie sagte nichts und schüttelte leicht den Kopf. Dann setzte sie hinzu, es sei ihre Schuld, das alles käme nur daher, daß sie mich nicht sehen könne. Sie sprach weiter, aber in verändertem Ton: der Hügel gehörte anfangs zum rosa Haus, ebenso die Plantage mit den Nußbäumen, rechts vom Weg, wenn man kommt. Doch sie brauchten Geld, um das Studium von André, dann das von Großvater zu bezahlen. Tante Lise schwieg. Ich war noch zu jung, um zu verstehen. Ich wußte nicht einmal, was Philosophie ist und welchen Vorzug ihr Bruder besessen hatte, so etwas zu studieren, 1905. Vielleicht fand sie auch, daß es nicht mehr lohne, über etwas zu sprechen, wovon ein halbes Jahrhundert uns trennte. Doch ich spürte, daß sie weitersprach, sich an erloschene Bilder wandte, an Schatten, und ich, dicht neben ihr in der drükkenden Dämmerung, konnte sie nicht hören. Ich betrachtete ihr knochiges Gesicht, die eingefallenen Lider, die der tote Blick leicht bewegte, als wären sie ein gefallener Vorhang, hinter dem es nichts mehr zu erwarten, zu erhoffen gibt, weil alles schon vorüber, alles gesagt ist.

Dann sagte sie: ja. Ihre Stimme trat durch diese Art dichten Vorhang, überwand diese Mauer, die sie für mich unhörbar, nutzlos gemacht hatten. Es gab noch einen Augenblick des Schweigens, während ich aufhörte, die beiden Stimmen wahrzunehmen: diejenige, die sich an mich wandte, und die andere, stumme, die zu Schatten sprach. Ich sagte: ja. Tante Lise sagte, daß der Einäugige La Roche übernommen habe mitsamt den Pflanzungen ringsum. Nicht nur die auf dem Hang, sondern auch die auf der anderen Seite, nach Lavercantière und Cazals zu. Es kämen viele Vögel. Ganze Schwärme von Buchfinken, die im Winter über die Blütenknospen herfielen. Dann, zur Kirschenzeit, die Drosseln, Eichelhäher und Pirole.

Großmutter rief uns zum Abendbrot. Es gab Omelett mit feingehacktem Sauerampfer, dann Melone und Biskuitrolle. Großmutter sprach kaum ein Wort. Ich war es, der Tante Lises Glas mit Wasser füllte, während sie auf ihrem Teller nach dem Essen stocherte. Sie stand auf, um sich zu spritzen. Großmutter zündete die Lampe an. Ich fragte sie, ob sie den Herrn von La Roche kenne, den Einäugigen. Und den älteren Bruder von Tante Lise und Großvater. Sie antwortete mit einsilbigen Wörtern – kaum, nein. Ich sagte: nein? Sie wiederholte: nein. Als sie ins rosa Haus kam, sei er schon tot gewesen. Vieles war verändert, damals schon. Nach dem Krieg von 14/18, dem großen.

Am nächsten Tag fand ich nahe bei der Zisterne die verletzte Turteltaube. Ich versuchte, das Blut zu entfernen, um nachzusehen. Aber man sah nicht gut, wegen der Federn. Jedesmal wenn man ihn berührte, senkte der Vogel die Lider, so wie ich, wenn ich mir weh getan, mich verbrannt oder mir die Finger geklemmt hatte. Ich aber konnte dann weinen, sogar schreien, während die Taube sich damit begnügen mußte, die Augen zu schließen. Ich bettete sie in einen Korb, ich brachte ihr Brotkrumen und Wasser in einer Muschelschale. Auch streichelte ich sie ein wenig, ganz sacht, mit der Fingerspitze, weil man die Vögel, die auf ihren Flügeln die Farben des Himmels, der Sonne mitbringen, nicht berühren kann, oder es sind keine richtigen Vögel mehr. Weil sie tot sind.

Dann starb die Taube, das war am Regenmorgen. Mit aller Macht hatte ich vergessen. Mein erster Gedanke war, daß ich noch immer in der Helligkeit der Träume schwamm oder daß die Zeit rückwärts gelaufen war, in die Vergangenheit. Ich wartete darauf, daß Tiere oder vertraute Unbekannte mit undurchdringlichem Gesicht auf mich zukämen, dann hörte ich auf zu warten. Ich erinnerte mich, daß es auch den Regen gab und die Zeit, nicht allein das rosa Haus, die Vögel, die immergleichen Tage, diese Art Ewigkeit, in die ich eingegangen war. Ich konnte sogar, reglos im grauen Zimmer ausgestreckt, mir vor Augen führen, was kommen würde: wiederum Zeit, der Herbst, der erste Schnee und der Tod, unausweichlich. Schließlich stand ich auf. Ich öffnete die Tür des großen Saales. Da war keine Sonne mehr, es gab weder Bäume noch Tal. Dichter Nebel verhüllte die Schöpfung.

Ich ging erst am nächsten Tag, nach dem Frühstück, ins Freie. Aus den Schwaden kamen Fetzen der Außenwelt hervor. Das niedergedrückte, tropfnasse Gras war gelb. Auch das entdeckte ich plötzlich, wie den Regen, die Neige des Sommers, den faden Geschmack oder einfach den fehlenden Geschmack der Luft, die ich einsog. Man hörte keine Insekten mehr. Am Abend zündete Großmutter die Lampe eine gute Weile vor dem Essen an. Gerade als wir uns zu Tisch setzen wollten, sind Mama und Papa angekommen.

IV

Ein Jahr später fuhren wir ans Meer, und im Jahr darauf gab es keinen Juli. Ich kam am letzten Schultag ins Krankenhaus. Man wußte zuerst nicht recht, was ich hatte. Der Arzt wartete mit der Behandlung, bis sich Genaueres herausstellte. Ich lebte – wenn das leben ist – lange Zeit in der sengenden Hitze der Hundstage oder des Fiebers, klar unterscheiden konnte ich es nicht mehr. Mama war da, immerfort, wenn die rötlichen Nebel einen Augenblick auseinandergingen und ich plötzlich die weiß gestrichenen Wände wahrnahm, das Kopfende aus lackiertem Blech, mal die schimmernden Schieferdächer, mal nichts, die Schwärze der Nacht, zuweilen den Perlmuttglanz des anbrechenden Tages oder die fahle Abenddämmerung. Ich hatte beinah schon akzeptiert, daß ich niemals mehr einen durchscheinenden, gewichtlosen Körper bewohnen würde, außerhalb eines Bettes, einen ganzen Tag lang, der wirklich ein Tag wäre, ohne Unterbrechungen und Lükken. Irgendwann konnte ich wieder aufstehen. Am letzten Tag saß ich am Fenster. Die Hitze kam allein von der glühenden Dämmerung. Die Dächer leuchteten schwach. In mir war eine unendliche, sehr sanfte Schwäche zurückgeblieben, als wäre ich einen ganzen Monat gewandert, statt im Liegen, reglos die Attacken des Fiebers zu ertragen. Mama war bei mir. Ihr Gesicht war spitzer, blasser als sonst, aber manchmal lächelte sie.

Am nächsten Tag regnete es aus einem niedrigen und dunklen Himmel. Die Kommode hatte wieder, am Ende der Trugbilder, ihren gewöhnlichen Platz eingenommen. Ich fror, als wäre es schon Herbst. Wenn der Juli vorbei ist, verkümmert etwas und stirbt. Der August neigt sich unmerklich dem dunklen Abgrund zu, in dem das Jahr versinkt. Wir blieben zu Hause, während die Unwetter über der menschenleeren Stadt festhingen. Dann war wirklich Herbst, ohne daß sich der Himmel verändert hätte. Frühzeitiger Abend, anhaltendes Montagsgefühl, Winter und ewiger Frühling meiner vierzehn Jahre.

Als Mama zu sprechen anfing, wußte ich, daß es um einen von uns ging, der sterben würde. Auch wir waren vergänglich, genauso wie die Unbekannten, die Igel und die Vögel. Daß unsere Sterblichkeit weder wichtiger noch unwichtiger als die der anderen war, hatte ich noch nicht akzeptiert, aber vielleicht konnte das kein Mensch jemals, auch Mama nicht, deren Stimme, deren Gesicht zu leugnen schienen, was sie gerade sagte, ankündigte. Ich hatte auch geahnt, daß es um Tante Lise ging. Als wir nach Weihnachten ins rosa Haus gekommen waren, um ihr und Großmutter ein gutes neues Jahr zu wünschen, lag sie in ihrem Bett, in dem kahlen Zimmer, das ich ein einziges Mal in dreizehn Jahren betreten hatte. Nichts hatten dreizehn Jahre, auch nicht ein ganzes Leben an diesem Zimmer verändert. Es gab dort immer noch das schmale Eisenbett und den kleinen Toilettentisch, beides vom Urgroßvater für Tante Lise gekauft, als sie vor sechzig Jahren dieses Zimmer von zwei mal drei Metern bezogen hatte und sicher schon wußte, daß sie dort bis zum Ende bleiben würde, gleichsam am Rande der Zeit und der Orte – der

Städte, der unbekannten Zimmer, der Schlachtfelder –, wo die Zeit, der langsame Fluß, in einem Katarakt zerfällt. An der Wand wachte, der Abnutzung, dem Altern entzogen, das bräunliche Bild, das Gesicht von Großonkel André im fahlen Licht.

Tante Lise sprach Papa mit seinem Vornamen an, Mama mit ihrem Spitznamen – kleine Schwester. Zu mir sagte sie bloß: und du! Ihre Stimme war unverändert, rauh, ironisch, doch es schien, daß sie, um uns zu erreichen, die Schichten einer sehr schweren und dunklen Luft durchdrungen hatte. Tante Lises Hand legte sich auf mein Gesicht, an die gewohnte Stelle, links, und blieb dort einen Augenblick. Ihr Gesicht war nun ganz von der knöchernen Maske überzogen. Im nächsten Augenblick fragte sie, als müßte sie nach jedem Wort neue Kraft schöpfen, ob ich mich erinnern könne, wie oft. Ich sagte: fünf Mal, mit diesem jetzt. Sie bewegte sacht den Kopf auf ihrem Kissen.

Die Nacht brach herein, ohne daß man den Eindruck gehabt hatte, es sei wirklich Tag gewesen. Papa sprach im großen Saal mit Großmutter. Mama setzte sich zu ihnen. Ich dachte, daß Tante Lise schliefe. Ich hörte sie nicht einmal atmen. Ich hatte die Lampe nicht angezündet. Ich erkannte in der langen Winternacht das graue Rechteck des Fensters, den eckigen Umriß des Bettes. Der Marmor des Toilettentischs schimmerte schwach. Ich hatte das unklare Gefühl, daß sich das Leben aus dem rosa Haus zurückzog. Was dort seine Zeit gehabt und an dieser Stelle der Erde Warten, Hoffen, Verzweiflung, vielleicht für einen ganz kurzen Augenblick auch Frieden und vollständiges Vergessen gekannt hatte, ging nun zu Ende. Selbst wenn wir blieben mit der Stirn, den Augen und beinah dem Gesicht derer, die lange Zeit dort gewohnt hatten, wären sie (oder wären wir) nicht mehr ganz dieselben, weil es nicht mehr die Reglosigkeit des rosa Hauses war, wo die Geister treiben würden, Phantome der Erwartungen und zerstörten Hoffnungen, der Zeit von früher, eines abgelaufenen Lebens. Ich war so fest überzeugt, daß Tante Lise schlief in der grauen Flut rings um uns beide, daß ich hochfuhr. Ihre Stimme, dünn, unendlich weit weg, schien nicht mehr aus ihr zu kommen, aus dem verbrauchten, von der Krankheit ausgezehrten Körper, der sich kaum unter der Bettdecke abzeichnete. Ich beugte mich vor. Ich sagte leise, daß ich nicht verstanden hätte. Ich fragte, ob sie etwas zu trinken wolle. Ich wartete, daß sie Kraft sammelte, um zu sprechen, um ihrer Stimme einen Weg zu bahnen. Sie wiederholte ihre Frage. Ich antwortete: nein, das Fach bekomme man erst in der letzten Klasse, bis dahin seien es für mich noch zwei Jahre.

Als ich dann wieder meinen Platz neben dem Eisenbett einnahm, war es, als wäre ich eben erst von dort aufgestanden. Als hätten ein ganzer Winter und ein Frühjahr mit allem, was sie enthalten können, wenn man vierzehn ist, im Grunde nicht gezählt, abgesehen von ihrem – falls man das sagen kann – Zeitgewicht, dem abstrakten Maß für das Intervall, das den rußigen Dezemberabend von dem bedeckten und lauen Junimorgen trennte. Tante Lise ruhte im Halbdunkel des Zimmers, die Fensterläden waren zu. Tante Lise hatte die Augen geschlossen. Der Tod hatte fast nichts gegen sie vermocht, höchstens daß er die neugierige, unsichere Hand zurückhielt, die sie in ihrem Dunkel ausgestreckt hätte, um zu erfahren, welches Gesicht ich nun im Hellen trug. Ich beugte mich herunter, bis ich ihre kalte

Wange an meiner Wange fühlte. Ich sagte: das ist das sechste Mal. Ich verbesserte mich: für dich werden es immer nur fünf sein. Wie für mich. Ich mußte mir die Tränen abwischen, die reichlich hervorquollen. Dann kam jemand ins Zimmer. Ich sah Tante Lise ein letztes Mal an. Ich wußte, daß sie danach nur noch ein Bild in mir sein würde und ein Bild an der Wand, neben anderen. Ich stand auf. Da waren Cousine und Vetter Miane. Sie hatten tränenüberströmte Gesichter.

Ich ging in den großen Saal hinüber, der sich allmählich füllte. Ich umarmte Margot, Großtante Jeanne, Antoine, die Cousine aus Guyana, die anderen, die kleine Marie, die zwischen den schwarzen Kleidern und dunklen Anzügen hin und her lief. Draußen standen überall Autos, schwarze, beigefarbene, wie auf den Fotos, aber es gab auch einen grünen DS, einen roten Simca. Ich ging hinunter zum Hohlweg. Die Tränen flossen weiter, selbst wenn ich die Zähne zusammenbiß, den Himmel anschaute. Das Junigras war kleiner als ich. Es war schwer, den Duft der Minze, der hohen Gräser und Tante Lise zusammenzubringen, deren Hände aufgehört hatten, zu flattern wie unruhige Vögel. Ich ging an der Umzäunung entlang. Es waren ganz reife, tiefschwarze Kirschen an den Bäumen geblieben. Die Aprikosen und Pfirsiche waren noch grün, sie hoben sich nicht ab vom dichten Blattwerk. Ich sah keine Vögel, vielleicht weil sie sich aus den Obstgärten entfernt hatten oder weil ich nicht suchte, vielmehr nicht hoffte. Ich war vierzehn, und da genügt es schon nicht mehr, zu wünschen und zu hoffen, um beschenkt zu werden. Vorher brauchte man nicht einmal zu warten. Man wurde beschenkt, und erst danach, rückblickend, entdeckte man den Wunsch, die Hoffnung. Doch jetzt hätte ich umsonst gewartet. Ich war auch nicht imstande, etwas zu wünschen. Ich setzte mich an den Zaun und sah nicht mehr hoch, bis der ganze Tränenvorrat ausgeflossen war.

Langsam ging ich zum rosa Haus zurück. Der Himmel war in seiner ganzen Weite mit einem Grau bedeckt, das dem der Turteltaube glich. Die Vögel waren still, auch die Insekten, obgleich wir Juni hatten. Es standen noch mehr Autos da, darunter der Frégate von Etienne. Lucie und Marthe waren gekommen, Vetter Robert mit dem Schnurrbart. Ich beugte mich hinunter zu Onkel René und küßte ihn, der auf einem Stuhl in der Diele saß. Robert sagte, ich sei ein großes Stück gewachsen. Charles, der eine Schürze über seinen dunklen Anzug gebunden hatte, war in der Küche zusammen mit Léonie und Margot dabei, einen kalten Schweinebraten aufzuschneiden. Die Cousinen trugen Stapel von Tellern in den großen Saal. Decken waren über den Tisch und über die alten Fensterläden gebreitet, die man aus dem Schuppen geholt und auf Böcke gelegt hatte. Ich erinnerte mich, daß es genauso bei dem Mal mit dem Pirol gewesen war, als Tante Lise und Großvater in dem sonnendurchfluteten Saal hin und her gingen und redeten.

Dann saß ich auf der Terrasse, dem grünen Hügel gegenüber, auf dem es still war. Onkel René, neben mir, sagte, daß es so besser sei. Er sprach zu mir. Wir saßen am Rand der zementierten Fläche, die Füße im Gras. Onkel René redete, als hätte ich beurteilen, erkennen können, was besser war, und ohne auch nur meine Urteilsfähigkeit zu bedenken, antwortete ich: ja. Ich hörte hinter uns das dunkle Rumoren der anderen Männerstimmen, zu dem ich, wenn auch in bescheidenem Maße, beitrug. Onkel René sprach weiter, als wäre mir zudem völlig klar, was die Tatsache bedeutete, daß es uns gab, daß jeder – er, ich, Tante Lise – war, was er war, lebendig oder tot. Er sagte leise, das sei kein Leben gewesen (was Tante Lise widerfahren war zwischen dem Augenblick, als sie zwei Nadellöcher geöffnet hatte, und diesem Mal, von dem sie nichts mehr wissen konnte). Ich nickte, und als er hinzufügte, daß es eben so war, früher – vor meiner, vor seiner Zeit –, nickte ich wieder. Daß damals die Jungen zählten. Daß die Mädchen... Er sprach den Satz nicht zu Ende. Dann sagte er, daß sie, Tante Lise, schon mit acht oder neun Jahren, zu der Zeit, als Großvater – dein Urgroßvater – den halben Hügel verkaufte, damit André nach Toulouse gehen konnte, das alles begriffen haben muß. Die Mädchen begreifen sehr bald, während den anderen noch nicht einmal bewußt ist, daß es Mädchen und Jungen gibt, und daß sie Jungen sind. Und als dann dein Großvater fortging und sein Vater den Rest verkaufte (bestimmt unter heimlichen Tränen, weil er den Hügel von seinem Vater und der ihn wiederum von seinem Vater geerbt hatte), hat bestimmt Tante Lise nicht mit der Wimper gezuckt, denn für sie stand fest, daß man sie verhökern würde. Daß sie einzig und allein das Eisenbett und den Toilettentisch erben würde, was man nicht gerade eine Mitgift nennen konnte. Sie wußte damals schon, daß sie sein würde, was sie dann gewesen ist, ein toter Ast, der aber weiterwuchs, weil man, und vor allem sie selber, nicht verstanden hätte, wenn sie sich geweigert hätte zu wachsen, zu dauern bis zuletzt, obwohl es niemanden geben würde, von ihr geboren, der daran erinnern könnte, daß es sie früher einmal gegeben hat.

Onkel René sagte, daß man ihr nichts übelnehmen dürfe. Jeder andere in ihrer Situation... Ich nickte immer weiter mit dem Kopf. Onkel René hörte auf zu sprechen. Jetzt war nur noch das unentwirrbare Stimmengeräusch der anderen, hinter uns, zu hören. Mir schien, als sähe ich Tante Lise, wie Onkel René und alle anderen sie immer gesehen hatten, nämlich – das war gar nicht einfach – so, wie sie immer gewesen war, doch zugleich auch so, wie sie hätte sein können: jemand, der nicht ohne jede Rücksicht sagte, was er dachte, selbst wenn der andere erst fünf Jahre (beinah sechs) war und recht haben wollte, unter einem bestimmten Gesichtspunkt sogar recht hatte. Ich sagte: auch ich nehme ihr nichts übel. Ich hatte sie sehr gern.

Vetter Alcide kam mit seiner Frau. Ich stand auf, die beiden zu umarmen. Auch Alcide fand, daß ich gewachsen sei. Ich setzte mich wieder. Onkel René betrachtete den Hügel. Ich fragte, ob er das gemeint habe – daß sie manches nicht hätte sagen sollen oder auf andere Art. Daß es an uns allen gelegen hätte und daran, daß es Mädchen und Jungen gab. Und noch bevor ich begriff, was ich sagte und daß ich dabei war, es auszusprechen, setzte ich hinzu: sie mochte Großvater nicht.

Gleich darauf sah ich Onkel René an. Er betrachtete immer noch die Bäume gegenüber. Als hätte ich nichts gesagt. Ich schaute zu dem Hügel, mit dem das nutzlose Wissen des Großonkels, dann das abgebrochene Studium des Großvaters bezahlt worden war. Ich solle so etwas nicht sagen, sagte Onkel René. Es sei komplizierter. Ich wüßte nicht alles. Ich fragte: was denn alles? Er machte eine Armbewegung und sagte dann mit müder Stimme, als handelte es sich um etwas, das man sich nicht richtig vorstellen kann, das man selbst erfahren, selbst durchmachen muß: sie hätte es akzeptiert, wenn die anderen – Großvater und dein Großonkel – etwas aus ihrem Leben gemacht hätten, denn in gewisser Weise hatten sie es ihr ja genommen. Schon mit acht oder neun Jahren wußte sie, daß sie das Mittel zu dem sein würde, was die beiden einmal täten, und konnte wenigstens verlangen, es mitzuerleben. Aus dem großen Saal drang der helle Klang von aneinanderstoßendem Porzellan und Metall zu uns herüber. Der Onkel sagte, daß man es ihr nicht übelnehmen dürfe. Und gleich darauf: den anderen auch nicht. Vier Jahre habe Großvater zugebracht bei seiner Kanone. Und nach all dem, was er gesehen und getan hatte, sei ihm die Lust vergangen, sein Ingenieurstudium wieder aufzunehmen, um selber Kanonen zu bauen oder Motoren, mit deren Hilfe man beispielsweise Kanonen transportieren würde. Ich sagte, mit Motoren könne man auch... Doch der Onkel schüttelte bereits den Kopf und erwiderte, ich könne das nicht verstehen, ich sei nicht dabeigewesen. Wir hörten dem traurigen, schwachen Gemurmel zu.

Ich erklärte, geliebt habe sie nur den anderen, André. Darauf der Onkel: vielleicht. Und ich: er ist in ihrem Zimmer. Darauf er: sein Foto. Und ich: ja, sein Foto. Wir sahen einander an, der Onkel und ich, und drehten uns nicht um, als Léonie von der Fenstertür her zum Essen rief. Papa ging an uns vorbei, zusammen mit Charles. Onkel René wiederholte: sein Foto. Weil er nicht mehr lebte. Er hatte nicht die Zeit, und hätte er sie gehabt, ist nicht sicher, ob er wirklich... Er brach ab und sagte: sie liebte ein Bild und nicht das, was er war – was er hätte werden oder nicht werden können. So konnte sie sich immer vorstellen, daß er es geworden wäre, denn es gab ihn ja nicht mehr. Er ist nicht einmal hier auf dem Friedhof. Dann verzog Onkel René das Gesicht, wie immer, wenn er die Stellung wechseln und dazu sein kaputtes Bein gebrauchen mußte. Er stand auf, rührte sich aber nicht von der Stelle. Ich hob den Kopf: was hätte er denn tun sollen? Mit hartem, verschlossenem Gesicht sagte Onkel René: verweigern. Ich sagte: du hast auch nicht verweigert. Er wiederholte: verweigern, nicht einrücken.

Diesmal war es Mama, die an die Tür kam, uns zu rufen. Ich stürmte los. Erst dicht vor der Hauswand fiel mir ein, daß Onkel René nicht so schnell konnte. Ich blieb an der Tür stehen und wartete. Er kam langsam näher, mühevoll, verschanzt hinter dem harten Gesicht, das er beim Gehen aufsetzte, als wolle er nicht zeigen, wie er über sein beschädigtes Bein dachte. Die anderen, zum größten Teil stehend, aßen den aufgeschnittenen kalten Schweinebraten. Die beiden unterschiedlichen Geräusche, die hellen Klänge des Geschirrs und der Frauenstimmen, die dunklen der Männerstimmen, stellten die große Sphäre der Harmonie wieder her. Ich legte eine Scheibe kalten Braten zwischen zwei Schnitten. Käse wollte ich nicht, nur Obst. Mama, Lucie und die Cousine aus Guyana begannen schon mit dem Abräumen, denn dies war keine richtige Mahlzeit, sondern nur ein Zugeständnis an die Notwendigkeit, sich zu ernähren, um weiter so zu handeln, wie es erforderlich ist. Léonie hatte bereits Wasser zum Geschirrspülen aufgesetzt, und die Harmonie, eben erst angeklungen, löste sich auf. Man hörte nur noch Geschirr scheppern und die leichten Schritte der Frauen, die zwischen dem großen Saal und der Küche hin und her gingen.

Ich stand neben Papa, als es am Eingang klopfte. Charles ging zur Tür. Der erste, der hereinkam, war derselbe wie vor drei Jahren, als sie Großvater holten. Der zweite ebenfalls, ein sehr Großer mit rotem Gesicht, erschrekkend. Nicht aber die beiden anderen. Papa beugte sich hinunter, um Onkel René beim Aufstehen zu helfen. So groß war das Schweigen im großen Saal, daß ein Blinder ihn hätte für leer halten können, obgleich wir alle versammelt waren. Sogar Marie war still und rührte sich nicht. Die Männer näherten sich der Tür zum kleinen Zimmer. Ich sah nichts. Ich hörte das dumpfe Geräusch des Sargdekkels, der zugeschlagen wurde, und den hellen Klang von Eisenwerkzeug auf Eisen. Der Sarg wurde langsam hinausgetragen, wir gingen hinterher, alle dicht beieinander, als hätte jeder von uns in diesem Augenblick das Bedürfnis nach einem fühlbaren Kontakt mit den anderen, mit jenem Fleisch, das blieb, nachdem die Zeit ihren Tribut gefordert hatte. Ich ging zwischen Robert und Großmutter, er massig, unwandelbar gleich mit sich selbst, unverwüstlich, hätte man sagen können, und doch der Zerstörung geweiht, wie wir alle, sie aber – ich bemerkte es jäh – ganz klein, verwundbar, zerbrechlich, in unserem Trupp die Beute, ausersehen für die unerbittliche, unfehlbare Macht, die an den Kreuzungen wartet, daß wir des Weges kommen.

Der Leichenwagen stand am Fuß der Treppe. Onkel René wartete, bis einer der Männer mit Schirmmütze die beiden Türflügel schloß. Dann ging er mit Großmutter und Großtante Berthe langsam zu seinem Auto, das er neben der Zisterne geparkt hatte. Der Leichenwagen fuhr an. Mama ging vorneweg, zusammen mit Papa. Ich hielt mich in Lucies Nähe. Wir gingen unter einem trüben und sanften Himmel, der so war, so sein mußte, weil Tante Lise uns verließ. Das hohe Gras überwucherte die niedrigen Trokkenmauern. Man hörte nur unsere dumpfen Tritte auf dem Weg. Die Vögel waren still. Der Leichenwagen erklomm mit wütendem Gedröhn die Auffahrt zum Friedhofstor. Dann änderte sich das Geräusch. Statt unserer dumpfen Schritte hörte man jetzt den klickenden Kies. Ich wußte, wohin wir gingen. Mama war in Höhe der Gruft angelangt, bei der Großmutter, Großtante Berthe und Onkel René auf uns warteten. Auch Leute aus dem Dorf standen dort, auf dem Hauptweg, uns gegenüber. Sie warteten, daß wir abbogen, um uns auf den Seitenweg zu folgen, an dem das Grab lag.

Als wir das Gittertor zum Friedhof durchschritten hatten, war etwas geschehen, das einen kalt durchfuhr und doch nicht allein mit der Anwesenheit all der hier verstreuten Toten zu tun hatte. Ich wußte nicht, was es war. Ich hätte umkehren mögen, weglaufen. Verstohlen betrachtete ich Margot, links von mir, ihr sonderbares und vertrautes Profil, auch Marie, die im Lauf der Zeit wie ihre Mutter, die Cousine aus Guyana, aussehen würde, und ich betrachtete den Leichenwagen, um den herum die vier Männer mit schnellen, kundigen Bewegungen hantierten. Ich versuchte, an Tante Lise zu denken, an die tiefe Nacht, die der Nacht folgte, in die sie schon zu Lebzeiten eingegangen war. Der Leichenwagen war schwarz, schwarz auch die Kleider der Frauen, die Gräber weiß, der Himmel grau. Der Kies war weiß. Das erinnerte an die Fotos von dem, was existiert haben muß zu der Zeit, die aufgehört hat, Zeit zu sein. Und das war so, dachte ich weiter, wegen der Junigräser, der Bäume voller Früchte und Blätter, der lebhaften Farben, die wir am Tor zurückgelassen hatten. Ich blieb an meinem Platz, statt loszulaufen, die Allee hinab, nach draußen. Ich war vierzehn, und niemand hätte verstanden, wenn ich schreiend geflüchtet wäre, aus Angst, daß es niemals mehr Grün und Orangerot geben würde, daß alle Zeit schon vergangen wäre.

Ich fixierte einen Punkt, ein kleines Stück schlaffen Himmel, rechts, genau über den grauen Gräbern. Ich wollte nicht, daß Margot mein Gesicht sah, die Grimasse, gegen die ich mich mit zusammengebissenen Zähnen und zusammengezogenen Brauen wehrte. Da bemerkte ich einen roten Fleck, an dem mein Blick hängenblieb, einfach nur, weil es Rot war, die Farbe von Blumen, und nicht mehr das Schwarz, Grau, Weiß, in das wir mit Himmel und Erde hineingeraten waren. Dann das helle Kleid und schließlich das Gesicht. Ich vergaß die Grimasse, die anderen, sogar Tante Lise und den Augenblick, dem wir uns näherten. Die Zeit brach sich zwischen den Mauern, die uns von Gräsern und Bäumen trennten. In dem Schweigen war jetzt – ich weiß nicht – eine Art Dröhnen, ich bewegte den Kopf, ohne daß es aufhörte, ohne daß alles verschwand: der rote Fleck, das helle Kleid, das Gesicht, ja ohne daß das Gesicht, zehn Schritt entfernt, sich irgendwie veränderte, nur noch ein Gesicht wie alle anderen, eine belanglose Maske war und nicht der einzige, ausschließliche Grund, den man plötzlich für sein Tun und Hoffen findet.

Dann war da nichts mehr, nur die Farblosigkeit eines bedeckten Nachmittags, die Leere. Ich bewegte von neuem den Kopf und blinzelte, als hätte noch mein Wollen genügt, damit das Gesicht hinter den Gräbern wieder auftauchte, genau an der Stelle, wo es eben erst gewesen war, ohne den roten Fleck. Das gewaltige Dröhnen hatte keinen Augenblick nachgelassen, auch nicht das heftige Verlangen, mich von der Stelle zu rühren, zehn Schritte weit, um mich dann nicht mehr zu rühren, um nichts mehr zu tun außer zu schauen ohne Ende. Zum zweiten Mal berührte Margots Hand meinen Arm. Vor mir war eine leere Stelle, jenseits davon die Rücken von Vetter Charles, von Miane und den anderen. Ich ging weiter, um sie einzuholen. Mama und Großmutter waren schon an der offenen Gruft vorbei. Ich wollte an Tante Lise denken, auch an Großvater. Ein Eisenkreuz, rechts von mir, hinderte mich. Ich trat etwas vor, dicht neben Vetter Miane, und wieder konnte ich das Grab sehen, den erloschenen Himmel darüber, aber er war leer. Ich zwinkerte mit den Augen, ich bewegte lautlos die Lippen, wie ich es manchmal tat, wenn ich sehnsüchtig wünschte, etwas, das ich nicht hatte, das es vielleicht gar nicht gab, solle ganz in meiner Nähe sein, damit Kummer und Warten ein Ende nähmen. Damit es wäre, als hätte ich sie nie gekannt, als müßten sie mir für den Rest des Lebens erspart bleiben.

Der Himmel überm Friedhof schmückte sich kein zweites Mal mit Blumen. Ich wartete, holte Vetter Miane ein, wartete wieder, daß das Gesicht erschiene, weil ich es unbedingt wollte, weil alles übrige nicht mehr zählte, nie gezählt hatte. Margot berührte wieder meinen Arm. Wir waren in Höhe der Gruft. Ihr kalter Hauch war der des Causse, der ausgedörrten Böden, nur strenger, durch nichts überlagert oder abgeschwächt – die Düfte des Juni, die geisternden Herbstnebel –, so daß diejenigen, die dort ruhten, die am Ende ihrer langen Wege einander wiederbegegnet waren, an diesem Geruch hätten erkennen können, daß sie angekommen und miteinander vereint waren. Dann setzte unser Zug seinen langsamen Gang fort. Wir bogen rechts ab, in die Seitenallee, die uns zum Tor zurückführte und in die Außenwelt.

Der Himmel blieb grau und leer, obgleich ich keinen Augenblick, nicht einmal unterm Hauch des Schattenreiches, aufgehört hatte zu warten und zu wünschen, daß das flüchtig geschaute Gesicht wieder auftauche, unversehens, aus dem Nichts, wie beim ersten Mal. Ich sah nur, als wir vorbeizogen, das Rot der Blumen am Fuß des Grabes und den in den Stein gravierten Namen. Wir gingen langsam, in lastendem Schweigen, bis zur Mauer, dann dort entlang. Onkel René, auf seinen Stock gestützt, erwartete uns am Tor. Leise, rasch fragte ich Margot, wer das gewesen sei, dieser Name. Margot hatte gerötete Augen, ein verweintes Gesicht. Sie sah mich verständnislos an, als hätte ich eine fremde Sprache gesprochen oder von etwas geredet, das mit der Wirklichkeit nichts zu tun hatte. Sie sagte: niemand. Ein erloschener Name.

Wir erreichten Onkel René und gingen zum Tor hinaus. Draußen wucherte Junigrün in unzähligen Tönen, die Luft schmeckte würzig. Doch ich hatte immer noch, wie drinnen, die unerträgliche Gewißheit, daß eine Epoche zu Ende gegangen, daß dies nicht mehr dieselbe Luft, dieselben Farben waren. Vor allem hatte ich nicht einmal den Trost, mir die Tage zuvor ins Gedächtnis zu rufen und das Glück, wie es vordem gewesen, denn das Gesicht, die Erscheinung hatten nicht wirklich gedauert, ich war sofort ins Danach eingetreten.

V

Vielleicht mußte all diese Zeit vergehen, damit man bedenken konnte, was blieb, damit man entdeckte: es gibt etwas Bleibendes, das Grund und Ziel hat, und man sich nicht in unbestimmter Leere voranbewegte. Selbst wenn man überhaupt nichts tat, sich nicht bewegte, nicht sprach, mit geschlossenen Augen dalag und kaum noch atmete, würde der Grund des Bleibenden näher rücken, sei es auch weniger nah als zu gewöhnlichen Zeiten, in denen man redet und sich bewegt, als wäre nichts gewesen.

Ich war vierzehn. Ich überlegte mir, daß André – das braune Bild in Tante Lises Zimmer – Grund und Ziel noch gehabt hatte, als in seinem Leben das grelle Licht zum vierzehnten Mal den Causse überflutete, dabei alles vereinfachte, schwarz oder weiß, die Einzelheiten löschte, das Zeichen tilgte, das die Zeit dem Fleisch aufgeprägt hat mit der blinden Auflage, es weiterzugeben. Und ich dachte auch, daß es mit mir erlöschen würde, wenn ich am Grunde angelangt wäre (wenn er auf mich zukäme, sei es im Schlaf, wenn ich sowenig als möglich atmete). Denn mit mir würde die Zeit weitergehen, ohne daß es in der Luft, im Licht die Maske gäbe, weil man zu zweit sein muß – das wußte ich –, damit ein dritter existieren kann, der ein weiteres Mal das Ende hinausschiebt und seinerseits verblüfft entdeckt, daß dies nicht zum ersten Mal geschieht, daß er weder der erste ist noch der einzige, daß es das Fleisch gibt und die Zeit. Zu zweit also, und der zweite muß etwas anderes sein als ein Traum, den der erste geträumt, oder eine Vision, die er gehabt hat in der toten Klarheit, die die Gräber umgibt.

Der Sommer war vorüber, dann der Herbst mit seinen Schwärmen von Staren, seinen Nebeln, seinen Platanen. Tante Lise war nicht mehr, und der rote Fleck – das wußte ich nicht so genau. Es gab die seltsamen Wesen, denen man mit geschlossenen Augen begegnet ist und die außerhalb der Zeit bleiben müssen, wenn ihnen nichts oder niemand die Fähigkeit verleiht, außerhalb von uns und diesseits der Träume fortzubestehen; es gab die traurigen Bilder, unter Glas erstarrt, und den Rest, die anderen, mit denen man noch Ort und Zeit gemeinsam haben würde. Ich hätte fragen sollen, doch was ich am Tag von Tante Lises Beerdigung auf dem Friedhof gesehen – oder zu sehen geglaubt oder geträumt – hatte, war gewiß das letzte, worüber ich zu sprechen wagte, selbst im Traum nicht.

Ich wurde fünfzehn, und das Gesicht hatte immer noch nicht entschieden, wo es sich festsetzen wollte – im Bereich der Nacht oder der Zeit oder irgendwo sonst. Erhalten geblieben und so frisch wie im Jahr davor war allein der Schmerz, jene heftige, unterdrückte Bewegung, die mich fortriß zu den Gräbern. Ich saß im Schulzimmer, blickte nach draußen und dachte, daß ich genauso war, so sein würde wie Tante Lise: ein Etwas, ein Jemand, der nicht wirklich existieren konnte, der am Werden gehindert worden war. Ein frühzeitig abgeliefertes Bild, brutal getrennt von seiner Körperschwere, von der Festigkeit, der anhaltenden Geduld, die in dem Bild wohnen, das die anderen von uns haben, wenn wir selbst sie sehen (oder von ihnen träumen) können. Oder nichts als eine bloße Vorstellung, eine Vision, die nicht Gestalt angenommen, keinen Ort gefunden hatte in dem großen durchsichtigen Strom, darin die Bäume des Schulhofs, der Klassenraum mit seinen Köpfen in acht Reihen hintereinander, der verhangene Herbsthimmel langsam dahintrieben.

Den Sommer darauf verbrachte ich in Deutschland zusammen mit blonden helläugigen Jungen meines Alters und anderen auch, die etwas älter waren, junge Männer von zwanzig, die zu verstehen ich mir Mühe gab (denn zu diesem Zweck hatte man mich dorthin geschickt) und die Großvater fünfzig Jahre zuvor – es waren ja dieselben: dieselben Gesichter, dieselbe schwierige Sprache – mit Kugeln durchsiebt, reihenweis niedergemäht hatte vor Nanteuil-le-Haudouin. In jenem Jahr war ich nicht wieder im rosa Haus, wie schon im Jahr davor nicht, nachdem Tante Lise von uns gegangen war. Großmutter hatte es nicht ertragen können, dort allein zu bleiben, und war zu ihrer Schwester, Großtante Berthe, gezogen.

Ich war gerade sechzehn geworden, als die Wand unter dem Dach aus runden Ziegeln, die Treppe, die Zisterne aus dem weißen Licht auftauchten. Ich zählte nicht mehr, zum wievielten Mal. Vom Anfang, an dem man alles lernen muß, war ich schon zu weit entfernt, um immer noch zu zählen. Ich küßte Großmutter auf die Wangen, die nun wieder sich selber glich, derjenigen, die sie gewesen sein muß, bevor Großvater von uns ging, als erster (aus meiner Sicht). Ich ertappte mich dabei, daß ich, als Großmutter ein wenig beiseite trat, Tante Lises abgezehrtes Gesicht suchte, aber da war niemand im rötlichen Dunkel über den Terrakottafliesen, das getränkt war mit dem Geruch des rosa Hauses, demselben, den ich beim ersten Mal eingesogen hatte und all die Male danach.

Marie sah zu mir hoch, als ich meinen Koffer im goldenen Halbschatten des großen Zimmers abstellte, in dem sie spielte. Ihr Gesicht war anders als das ihrer Mutter. Onkel René hatte Großmutter hergebracht, bevor er hinunterfuhr in die Pyrenäen, zu seiner Kur. Die Obstbäume am Hang brachen unter der Last der Julifrüchte. Am nächsten Tag, als ich mit Marie spazierenging, bemerkte ich, daß man vor der Wegkreuzung die Eichen gefällt hatte, aus deren Holz Särge gemacht wurden. Eine Woche später waren die Stümpfe entfernt und kleine Kirschbäume auf Lücke gesetzt, als hätte man nicht die Zeit gehabt zu warten, daß der Sommer vorübergeht, der Himmel sich verändert – denn dann erst pflanzt man Bäume. Immerhin genossen die Bäumchen besondere Pflege. Als ich am nächsten Tag zurückkam, mit Marie, sah ich, daß man sie mit Maschendraht umkleidet hatte, um sie vor Nagetieren zu schützen, und daß der Boden am Fuß der kleinen Stämme feucht war, während im Causse kein Tropfen Wasser gefallen war, seit Ende Mai.

Großmutter sagte mir später, es war schon gegen Anfang August, daß sie die Eichen der Umfriedung an den Einäugigen verkauft habe, weil sie Geld brauchte für die Reparatur der Zisterne. Dann kam der August, noch sengender als der Juli. Die Farbe der Obstbäume wechselte fortwährend: erst orange, als die Aprikosen gereift waren, dann rosa und rot mit den Pfirsichen, blau jetzt, da sich die Pflaumenbäume unter ihrer Last bogen.

Bevor die Hitze stieg und man sich hinter den Fensterläden des großen Saales verschanzen mußte, ging ich an der

Umfriedung, an den erschöpften Bäumchen entlang. Ich ging durch die ausgehöhlten Wege bis zur Straße nach Puy-l'Evêque. Es war ungewöhnlich früh, als nicht sehr weit von mir, im Dickicht der Obstplantagen, die großen Männerhände zweimal aneinanderschlugen. Ich hob den Kopf, suchte mit den Augen das goldene Geschoß, die azur- oder stahlblauen Fetzen, die die Hände einst aus dem Himmel gelöst hatten, zu meinem Entzücken. Aber ich sah keinen Vogel, der taumelnd herabsank zwischen den Federn seiner Flügel, auch nicht hinterher, im vergilbten Gras, das runde Bernsteinplättchen, in dem das Dunkel hochstieg. Vielleicht hatte der unsichtbare Jäger seine frühere Sicherheit verloren, vielleicht war er es überdrüssig geworden, Vögel zu töten, und begnügte sich damit, sie zu erschrecken mit seinem vibrierenden Klatschen, das wie das Dröhnen eines Schlagbeckens klang. Später legte sich die Hitze über den Causse und belagerte das Haus. Dicht an seinen Mauern häufte sie große Blöcke fahler, knisternder Luft, die ich sparsam, mit aufeinandergepreßten Zähnen einatmete, als ich gegen Mittag Wasser von der Zisterne holte.

Marie war eingeschlafen in einem der beiden Sessel, die mit abgewetzten Vögeln, fadenscheinigem Laub überzogen waren. Im anderen saß Großmutter mit geschlossenen Augen, so still, daß ich glaubte, auch sie sei eingenickt. Ich las nicht mehr. Es kam mir vor, als sei ich fortgegangen, hätte den Rand der Zeit erreicht, da man zuweilen die Bücher, die ferne Orte, vergangene Zeitalter vorführen, beiseite legen muß um der flüchtigen Stunde willen, von der, wenn man ein wenig die Ohren spitzt, ein feines Schwingen zu hören ist. Um des rosa Hauses willen, denn ich war im rosa Haus, war jetzt dort, wie die anderen dort gewesen waren, die Vorangegangenen, die Toten und die, die weiterlebten, und ich verkörperte das Gewicht des lebendigen Fleisches mit dem Gefühl, da zu sein, zu atmen, zu leben, eine Empfindung, die das rosa Haus über alle Erinnerung hinaus in sich barg: eben darin, deshalb war es das rosa Haus. Ich dachte, daß ich der letzte sei. Wie die Vorangegangenen hatte ich dort, im Licht der Treppenstufen und dahinter, im hohen Gras des Hohlwegs, den Glanz der Welt erfahren und mich selbst (zwei Nadellöcher) kennengelernt. Aber mein Leben spielte sich anderswo ab, in der Stadt, seit sechzehn Jahren, und mit mir würde die Maske erlöschen, denn eine Vision verhilft nicht dazu, fortzubestehen.

Hin und wieder ließ Großmutter ein dumpfes Schnurren hören, tief aus ihrer Kehle, als hätte sie im Schlaf – dem Zustand, den ich dafür hielt – gebilligt, was in diesem Augenblick, an diesem Ort war: die ewige Hitze, die Weißglut des Lichtes, dessen Widerschein das Wandbecken, die Vasen auf dem Kamin, den fernen Spiegel der verstreichenden Zeit aufleuchten ließ. Großmutter sprach schon eine Weile, als ich bemerkte, daß sie sprach, mit schwacher, zittriger Stimme, unterbrochen von langen Pausen, und ich brauchte einen weiteren Augenblick, um ungefähr einzuordnen, wovon sie sprach. Sie selbst brachte diesen Besuch nicht mehr recht unter, den nicht sie selbst oder Großvater, sondern der Vater und die Mutter von Großvater bekommen hatten. Das war nach dem Ende des Krieges, des großen Krieges, denn der Besucher war nach vier Jahren Gefangenschaft und vor 1921, dem Geburtsjahr von Onkel René, freigekommen. Wie heute türmten sich damals Hitzeblöcke rings um das Haus und verhinderten, daß man hinausging oder auch nur riskierte, die Tür oder ein Fenster zu öffnen, weil sie dann ins Innere gestürzt wären und man nirgends mehr der falben Luft des Causse hätte entkommen können. Großmutter ließ wieder die dumpfen Kehllaute hören, als billige sie auch dies, den Besuch eines Unbekannten vor fünfundvierzig Jahren, der davon sprechen wollte, was er fünf oder sechs Jahre zuvor erlebt und getan hatte.

Sie war es, die damals zu Tür ging. Im stummen Glanz des Nachmittages sah sie den Mann auf der Treppe stehen, den Hut in der Hand. Er hatte das verwilderte, verbrannte Gesicht der Landarbeiter im August, nach der Tabakernte. Er sagte ihr, wie er hieß (Großmutter wußte den Namen nicht mehr) und daß er aus der Nähe von Gourdon gekommen sei, zu Fuß, das sah man. Er war bis zu den Knien weiß vom Straßenstaub. Die Straße sei erst viel später, kurz vor meiner Geburt, geteert worden, sagte Großmutter. Der Mann wollte Großvaters Vater sprechen, der sich hingelegt hatte. Er war schon sehr hinfällig damals. Großmutter kehrte zurück in die Kühle des rot und golden getönten Halbschattens, sagte Bescheid, ging dann wieder nach draußen, wo immer noch der Mann mit dem mageren, versengten Gesicht, den unförmigen Filzhut in der Hand, auf der Treppe stand. Sie ließ ihn herein, in den Vorraum, aber bot ihm keinen Platz an, ja nicht einmal – vermutete ich – ein Glas Wein oder wenigstens einen Schluck Wasser. Schon damals war sie, was sie war: die Tochter eines großen Trikotagenhändlers aus Cahors und die Schwiegertochter eines Landwirtes, der sich auch dann noch für einen Landwirt hielt, als er den Hügel, die Nußbaumplantagen, das Weideland längs der Tèse verkauft und nichts behalten hatte als die kleine Senke und die Wiese hinterm Haus und die Umfriedung, die mit Eichen bepflanzt war, damit die Urgroßmutter kein Holz für seinen Sarg zu kaufen brauchte. Sei es, daß er wirklich schon sehr mitgenommen von der Krankheit war, die an ihm zehrte, oder daß er sich immer noch für den hielt, der er nicht mehr war, und daß Großmutter ihm gesagt, ihm zugeflüstert hatte, der unbekannte Besucher sei nur ein Halbpächter aus der Gegend von Gourdon, jedenfalls ließ er sich Zeit, bis er erschien, dort wo die beiden Schatten aneinandergrenzten, der rötliche des Vorraums und der milchige, goldgetönte des großen Saales. Tante Lise (ich hatte nach ihr gefragt) war nicht da, noch nicht. Sie wartete gewiß an der Tür des Schlafzimmers, bis ihr Vater seine lastende Schwäche überwand, auch seine Gleichgültigkeit gegen das Geschehen ringsum, die Gluthitze des August, die zahllosen Toten, die Überlebenden, das rosa Haus am Fuß der ersten Obstgärten.

Schließlich erschien er dennoch im Vorraum, der Urgroßvater, mit seinem Knöpfkragen, seiner Samtweste, seiner ständigen Maske, derselben, die auch wir tragen – vermutete ich wieder –, mit dem Unterschied höchstens, daß es bei ihm bestimmt nur die Maske und nichts mehr darunter gab. Der Mann wartete stehend, seinen Hut in der Hand, daß man ihn ansprach. Großmutter sagte, sie habe nicht darauf geachtet, aber sicher, zweifellos sei Tante Lise dagewesen, unsichtbar hinter ihrem Vater. Um ihnen von André zu erzählen, war der Pächter gekommen, zu Fuß, aus Gourdon. Großmutter hatte das erst nicht so recht verstanden, weil der Mann dort zu erzählen anfing, wo die Geschichte für ihn begonnen hatte, also am 1. August (des Jahres 1914), und es war doch schon Mariä Himmelfahrt 1920 vorbei.

Der Mann sprach abgehackt, stockend, als schlüge er sich immer noch mit den Ereignissen von damals herum. Mit Soursac, zunächst, dem er Bescheid gegeben hatte. Nicht mit Worten allein. Er hatte ihm den Einberufungsbefehl ins Gesicht geschleudert und ihm – dem Briefträger, der ihn unverwandt anstarrte, dabei Schritt für Schritt zurückwich – die Faust unter die Nase gehalten, ihn so von der Pächterei bis zum Abzweig des Weges zurückgedrängt. Und dann die Gendarmen, vier an der Zahl, sie kamen angeritten. Am Abend war das. Die Hitze jenes denkwürdigen Sommers, dem sechs weitere Sommer gefolgt waren, begann sich gerade ein wenig aufzulösen, wie eine Mauer aus weißen Bruchsteinen, die man gen Süden errichtet hat. Da und dort schon Tage wie schmale Ritzen, durch die man wirkliche Luft atmete und nicht mehr dieses durchsichtige, reglose Feuer, das den ganzen Raum zwischen dem überhitzten Gestein und dem weißen Himmel füllte.

Der Mann war im Bretterschuppen dabei, seinen Tabak zu bündeln, so heiß war es in dem Jahr schon gewesen. Er hatte sich etwas beruhigt, nachdem Soursac an der Wegbiegung verschwunden war, und erklärte nun den beiden Gendarmen, die abgestiegen waren, ganz ruhig, so jedenfalls dachte und wollte er es, daß er nicht einrücken könne. Er müsse doch jetzt, wo seine Frau gestorben war, allein die kleine Tochter großziehen. Er ließ die Gendarmen ausreden, ihr Sprüchlein aufsagen, vom Vaterland, der Pflicht eines jeden. Er tat sogar, als hörte er dem Brigadier zu, der versicherte, zur Weinernte seien sie wieder daheim, und sagte dann mit derselben ruhigen Stimme in die gelbliche, wieder atembare Luft hinein, daß er nicht einrücken könne. Er erinnerte sich an das verdutzte Gesicht des Brigadiers, als der seine weißen Handschuhe betrachtete, die er zum Mund geführt hatte und die voller Blut waren, erinnerte sich an das wütende Gesicht des langen Kerls, dicht vor ihm, und daß er dieses Gesicht ganz einfach weghaben wollte, es aber nicht schaffte, wegen seinem Arm, der ihn nach hinten zog und immer stärker schmerzte, statt ihm zu gehorchen. Vielleicht erinnerte er sich noch an ein weiteres Gesicht, an zerfetzte Tabakbündel, auf denen sie sich in wildem Kampf wälzten.

Der Mann schwieg, bis der Wirbel wutverzerrter Gesichter wieder wurde, was er gewesen, das verschwommene Bild eines Wirbels, eine sechs Jahre alte Erinnerung. Großvater stand da, neben seinem Vater, der sich damit begnügte zu warten. Ich stellte mir das vor: sie taten nichts als warten, sie glichen bereits dem Bild, das von ihnen bleiben würde, ernst, reglos zwischen den schadhaften Säulen, den Stofftapeten, den rotgoldnen Bäumen einer Dämmerung im Herbst. Sie hatten Zeit. Der Besucher, stehend, mit jenem Ausdruck von Verwilderung, den sein abgemagertes, sonnenverbranntes Gesicht bekommen hatte, mit dem rasselnden Atem, der aus seiner Brust drang, der Besucher also wartete, bis die Gendarmen wieder den verschwommenen Umriß einer Erinnerung, den Halbton der Tage aus dem Sommer 1914 angenommen hatten. Die anderen sahen ihn an im rötlichen Schatten des Vorraums. Es muß dasselbe Schweigen geherrscht haben wie jetzt, unter der erdrückenden Hitze, und sie müssen den rauhen

Atem des Mannes gehört haben, das Geräusch eines Blasebalgs, vibrierender Plättchen, das man zuweilen unter den Worten hören kann, vor allem wenn sie etwas in Erinnerung rufen, das nicht mehr da ist, das es niemals hätte geben dürfen.

Er war eingerückt mit seinen angeschlagenen Zähnen, seinem gespaltenen Backenknochen, und nicht zum 126. Linienregiment, das sich in Brive sammelte, sondern direkt nach Maubeuge. Achthundert Kilometer in einem verriegelten Abteil, bewacht von zwei Gendarmen, wieder anderen. Bis zum 12. August wurde er in einem Verlies der Festung eingesperrt, dann dem 2. Zuavenregiment zugeteilt. Der eine Zahn war ihm schon herausgefallen, ein anderer tat noch weh. Er konnte nur auf einer Seite kauen. Seine Tochter hatte man zu einer Cousine an die untere Charente geschickt. Er hatte sich geschworen, vorsichtig zu sein und bei der erstbesten Gelegenheit zu verschwinden, denn seine Tochter hatte nur ihn allein, und das Vaterland ging ihn einen Dreck an. Er wiederholte in aller Form vor Großmutter, vor ihrem still wartenden Schwiegervater: das ging mich einen Dreck an, das geht mich einen Dreck an.

Dann schwieg er wieder. Auch Großmutter verstummte, wie es jetzt öfter vorkam, grundlos und ohne zu erklären, aus welchem Grund sie angefangen hatte zu sprechen. Hin und wieder entschlüpfte ihr das dumpfe, fast unhörbare Schnurren, tief aus der Kehle, wie ein Zeichen der Zustimmung, der späten Einwilligung in etwas, das ohnehin geschehen, gewesen war, auch wenn niemand – außer ihr selbst – mehr wußte, sich noch daran erinnerte, daß es das gegeben hatte und daß es so selbstverständlich, so unmittelbar gegenwärtig erschienen war wie jetzt die Hitze, die spürbar auf dem Dach lastete, wie das kleine Mädchen, das zwischen dem ausgeblichenen Blattwerk, den farblosen Vögeln eingeschlafen war. Ich sah Großmutter an, sah ihren Blick, vor dem mir unsichtbare Lebewesen und Augenblicke erscheinen mußten, festgehalten im sanften Leuchten der Kupfergefäße, während Marie und ich, aus ihrer Sicht spät gekommen, als sie den Grund schon fast erreicht hatte und die Gesichter, die für sie der Stoff des Lebens, sein Fleisch gewesen, entschwunden waren, während wir vielleicht den undeutlichen Ton jener braunen Bilder besaßen, die keiner, außer ihr, je anders gekannt hatte denn als Bilder.

Da sah er Burschen von überall und André. Der Pächter spürte sofort, daß sie aus derselben Gegend waren. Man hat ja Augen im Kopf. Es war noch heißer (am 22. August 1914) als an diesem Nachmittag kurz nach Mariä Himmelfahrt 1920 über dem Causse. Sie wußten nicht Bescheid. Sie marschierten Seite an Seite über die Straßen Belgiens, Charleroi lag links von ihnen. Sie kamen an 7,5er Geschützen vorbei, die nicht schossen, die zu nichts da waren. Großvater, der hinter seinem Vater stand, sagte kein Wort, machte nicht die geringste Bewegung. Auch niemand sonst, und Großmutter wußte bis dahin noch nicht alles. Eigentlich wußte sie so gut wie nichts. Die dumpfe, verstörte Stimme war an den Geschützen vorbei und wieder auf dem zermürbenden Marsch nach Les Auvelais, das angeblich nur schwach besetzt sein sollte. In diesem Augenblick verzog sich das bittere, versengte Gesicht zu einem freudlosen Lachen. Verdammter Dreck. Es war etwas später als jetzt, 1920, so gegen Ende des Nachmittages. Sie hatten die Bajonette aufgepflanzt, auch er – Ihr Sohn, fügte er hinzu und sah Großvaters Vater an, während er davor niemanden angesehen hatte, nur in den rötlichen Schatten des Vorraums blickte, in dem er vielleicht ein schwach gewelltes Land, Rübenfelder, Pappelreihen und die Dächer von Les Auvelais erblickte. Vor sich den tiefen Himmel des Nordostens, machten sie halt, die zweitausend Mann des 2. Zuavenregiments, und rückten dann vor über die unebenen, bröckeligen Felder, André an seiner Seite. Ihre Stiefel knirschten wie Kiefer, die Rüben zermalmen. Die niedrige Sonne hinter ihnen spiegelte sich orangerot in den Fenstern der Häuser, nicht allzu weit. Der Mann sagte: achthundert Meter. Und dann wieder: verdammter Dreck. Wie eine Nähmaschine, so klang das. Nicht viel, zuerst, drei oder vier Schüsse auf einmal, dann eine kleine Pause, dann von neuem. Sie hatten das Horn gehört, wie in den Büchern, und waren schwerfällig losgelaufen mit ihrem Gepäck, den Knarren und den Spießen obenauf, die ein kaltes Licht warfen auf Hecken, Häuser und wieder Hecken. Die Maschine hämmerte jetzt pausenlos. Sie liefen. Sie brüllten aus Leibeskräften, allesamt. Sie liefen am Körper des Offiziers vorbei. Es gab sie schon fast nicht mehr. Der Aufschrei, das Gebrüll, mit dem sie losgestürmt waren, erstarb. Auch waren da die anderen: niedrige Blitze am Fuß der Häuser, in den Hecken, Kugeln wie Katzen. Fast niemand mehr. Er sagte: zwei. Beide erreichten sie den Rand des Vorsprungs, während die Luft explodierte, kratzte und miaute. Sie sprangen. In der flachen Senke sahen sie nur noch die Dächer. Sie waren die einzigen, die noch brüllten, André und er, mit aufgepflanzten Spießen. Längst gab es kein Signalhorn mehr. Sie waren allein und liefen auf das nahe Getöse zu, das bereits nachließ, auch ihre Maschinen hämmerten weniger, drei oder vier kleine Schläge auf einmal, dann Pause. Da also, in der engen Erdfalte, in der sie Schulter an Schulter vorangingen, kam ihm der Gedanke, daß er sterben würde, nicht mehr heimkäme. Er sah die Dächer von Les Auvelais, ganz nah, über der braunen Erde. Er fragte sich jetzt, 1920, warum sie immer weitergelaufen waren mit ihren roten Hosen, ihrem Gepäck, ihren Spießen. Ihm war alles egal. Er hatte die Fenster im oberen Stock bemerkt, den orangeroten Glanz auf den Scheiben. Er sagte noch einmal, daß es still geworden war. Vielleicht, daß die anderen sie nicht mehr erwarteten. Daß er André gesehen habe, etwas weiter vorn, die Hecke, das Aufflammen dicht überm Boden, daß er aber immer noch den Eindruck von Stille gehabt und deshalb gehört hätte. André schrie den Vornamen, zweimal. Zuerst vollständig, sagte der Mann, beim zweiten Mal heulend: Cathy. Dann wieder das Maschinengewehr. Er sah durch die Hecke den ruckartigen Schein und sah, wie André ohne Gewehr darauf zustürzte – aber da muß er schon tot gewesen sein, als er so weiterlief – und spürte selbst den Nadelstich. Genau wie ein Nadelstich.

Er hielt die linke Hand etwas oberhalb der rechten Brust, dort wo die Kugel eingedrungen war. Weil sie aber gerade erst aus dem Lauf gekommen und noch ganz heiß gewesen, habe er keine Infektion davongetragen. Die anderen, von gegenüber, lasen ihn am nächsten Tag auf, in der Morgendämmerung, als er nur noch an Trinken dachte. Nie hätte er solchen Durst gehabt wie diese Nacht. Er schaute sie an, die reglos in der Diele standen. Urgroßvater bedankte sich beim ihm und machte Großvater ein

Zeichen, der verschwand. Bald darauf war er zurück. Urgroßvater ging auf den Pächter zu. Er drückte ihm ein Goldstück in die Hand. Er verschloß die magere Hand mit den schwarzen, abgebrochenen Fingernägeln und hielt sie dabei in der seinen. Der andere sagte, daß er nicht deshalb gekommen sei und daß er... Schließlich sagte er: danke, vielen Dank. Einen Augenblick war es still. Großmutter fragte den Mann nach seiner Tochter. Er antwortete mit seinem rauhen Atem, daß es ihr gut gehe, aber daß sie ihn nicht mehr erkannt habe bei seiner Rückkehr.

Es war schon an der Tür, am Rande des Glutofens, als er Urgroßvater nach der – er zögerte –, dem jungen Mädchen, der jungen Dame fragte. Ob er sie aufsuchen, es ihr sagen solle. Ob Großvater sie kenne. Und der Vater von Großvater sagte: er kenne sie. Dann: nein, sie sei gestorben, inzwischen.

VI

Mit Großmutter schien der Grund der Zeit zurückzuweichen, es war, als spürte, als sähe man ihn mitunter nicht mehr, war sie doch die letzte aus jener Zeit, die einzig Überlebende der Phalanx, für die die lichten Tage, die schwärmerischen Stunden meines siebzehnten Lebensjahres die letzten sein würden, falls sie nicht schon ins Zeitenjenseits gehörten, in dem man zum Bild an der Wand wird, von der Zeit getrennt durch dünnes Glas. Wir waren mit Papa losgefahren, im neuen Simca, sehr früh, in der bunt schimmernden Dämmerung eines Morgens im zeitigen Frühjahr. Es war immer noch früh am Tag, als ich die runden Ziegel sah, dann die Hauswand und die Treppe. Wir hatten jetzt nagelneue achtzig PS unter der Vorderhaube, statt der fünfundvierzig hinten. Das rosa Haus, aber auch das Meer, Orte, die früher weit entfernt und sehr verschieden voneinander gewesen, waren es nun viel weniger, nicht mehr wirklich.

Der schwarze Frégate stand ganz allein an der Zisterne und war plötzlich seltsam altmodisch mit den wuchtigen Kotflügeln, der eckigen Karosserie, dem winzigen Heckfenster. Ich begriff, daß Vetter Etienne sich verändert haben mußte, daß er älter geworden war, wie sein Wagen, wie Papa und ich. Selbst wenn man es nicht sah, selbst wenn wir es nicht wahrhaben wollten – wir waren dabei, die frei gewordenen Plätze einzunehmen, dem Grund der

Zeit ein Stück näher. Es ist dem lebendigen Fleisch eigen, sich immer zwischen den beiden einzig wichtigen Zeitpunkten einzurichten, weswegen es, so gesehen, nicht darauf ankam, ob es sich um den handelte, den ich *Papa* nannte, seit ich jemanden bei seinem Namen nennen konnte, oder um den, den ich beinah ebenso lang schon *ich* nannte, oder um Vetter Etienne oder wen auch immer: nichts als eine begrenzte Anzahl hinfälliger Erscheinungsformen des ewigen Streits alles Lebendigen mit der Dauer – wir, an einem farbenprächtigen Märzmorgen.

Ich umarmte den Vetter. Er hielt mit angewiderter Miene ein Büschel Unkraut in der Hand, das er gerade ausgerissen hatte. Überall sproß es in zarten grünen Flekken, in den bröckeligen Fugen der Terrasse wie zwischen den Treppenstufen. Schimmelgeruch verdeckte den ursprünglichen Duft des Vorraums, des großen Saales, in dem das Kupferzeug stumpf glänzte. Ich hatte gar nicht die Zeit, nach beinah zwei Jahren Abwesenheit den Anschluß wiederzufinden. Motorengeräusch stockte an der Einfahrt, wurde dann wieder kräftiger. Vetter und Cousine Miane kamen. Ich ging hinaus, sie zu begrüßen. Der Himmel hatte nicht mehr die Grün-, Perlmutt- und Rosatöne des frühen Morgens. Während ich mit abgezählten Schritten im feuchten, dämmrigen großen Saal auf und ab ging, hatte sich hoch oben eine zusammenhängende, ganz gleichmäßige Schicht aus runden weißen Wolken gebildet, unter der eine blasse Sonne aufstieg. Nun traf einer nach dem anderen ein. Überall standen Autos, hinter der Zisterne, auf der Wiese. Kaum hatte man begonnen, die in solchen Fällen üblichen Worte zu sagen, schien neues Motorengebrumm an der Einfahrt ersterben zu wollen, um dann anzuschwellen, immer näher zu dringen, und mit ihm kamen all diejenigen, die ein unsichtbares, unauflösliches Band in das rosa Haus zurückführte, ungeachtet der Stunde, der Entfernung und all dessen, was man für wichtig, für dringend hielt. Der Himmel blieb derselbe. Es war beinah mild. Jemand hatte die Fensterläden im großen Saal geöffnet. Großtante Jeanne, die mit Marthe und Vetter Robert gekommen war, hatte sich hingesetzt. Das Stehen gehörte für sie nicht mehr zu den Dingen, die man wie selbstverständlich tun kann und deren Wert einem erst offenbar wird, wenn sie unwiederbringlich verloren sind. Das Ende, wenn es nach und nach herangekommen ist, ist vielleicht gar nicht so schrecklich, weil man bereits das Stehenkönnen hinter sich gelassen hat, auch die Fähigkeit zu gehen und zu verstehen, falls man je etwas verstanden hat oder hätte verstehen müssen. So wenig bleibt übrig, daß man sich nur noch vorstellen und wünschen kann, wirklich nichts zu werden. Ich wurde von meinen philosophischen Gedanken (ich war im letzten Schuljahr, drei Monate vor dem Abitur) abgebracht durch das rauher klingende Brummen des roten Flecks, der unten in den Weg eingebogen war. Über das zerfallene Mäuerchen hinweg, durch die entlaubte Hecke sahen wir das Auto näher kommen, es hielt neben dem Frégate, der nun noch anachronistischer aussah. Alcide stieg aus mit seiner Frau, die ihren Bonbonduft verbreitete.

Ich bin nicht einmal bis zur Umfriedung vorgedrungen. Ich blieb auf der Terrasse. Die Obstplantagen waren leer, keine Blume, kein Vogel. Die anderen warteten vorm Haus. Ich fröstelte, denn ein frischerer Wind strich über den Causse, der noch schlief. Als ich mich dann wieder vors Haus begab, mußte sich in der Luft eine unmerkliche Veränderung vollzogen haben. Ich stand schon bei den anderen, die am Fuß der Treppe versammelt waren, als ich das Geräusch eines ziemlich schweren Motors wahrnahm. Grau und malvenfarben, verschmolz der Leichenwagen bis zuletzt mit der Landschaft, der Schlehenhecke, dem kalten Gestein unter verhangenem Himmel. Dann fuhr er an die Treppe heran, und ich sah Mama. Die anderen, schien mir, traten zurück: Alcide, Vetter Miane, sogar Papa, damit ich es wäre, der Mama begrüßte, sich zu ihr beugte, weil doch sie nun ihre Mutter verloren hatte und ich seit je ihr Sohn war. Ich bemerkte – nach drei Tagen Trennung –, daß ich sie um dreißig Zentimeter überragte. Meist vergaß ich es noch – es war keine drei Jahre her, als ihr Gesicht auf gleicher Höhe mit meinem war, und noch weniger, seit ich mich herabbeugen mußte, um sie zu küssen. Papa half Onkel René beim Aussteigen und stützte ihn, bis er seinen Stock hervorgeholt hatte. Am Stock ging dann Onkel René mit verkrampftem Gesicht bis zum Fuß der Treppe, wo er sich auf seinen gewohnten Platz setzte. Ich hielt Mamas Hand. Jetzt werde es gehen, sagte sie. Sie weinte nicht mehr. Wenig später kamen Charles und seine Frau, mit Marie.

Großmutter wurde am Ende des Vormittages beerdigt. Ich hatte kein rechtes Zeitgefühl mehr. Ich suchte nach Farben, als wir den grau-weiß-schwarzen Friedhof verließen, aber auch der Causse war grau und weiß. Wir kehrten zu Fuß ins rosa Haus zurück, außer Onkel René, Großtante Jeanne und den Cousinen, die das kalte Mahl herrichten und Kaffee kochen wollten.

Die Sonne war hoch und blaß. Man hielt sich im Hause

auf oder auf der Terrasse. Ich blieb mit einer Handvoll Trockenobst auf der Treppe. Durch die Nachmittagsstille drang das Gemisch der Geräusche, ab und an durchbrochen von der lauten Stimme Tante Berthes, die sehr schwerhörig geworden war. Onkel René saß drei Stufen tiefer. Robert stand bei ihm, aufs Geländer gestützt, und nickte mit dem Kopf. Manchmal, sagte er. Ich hörte zerstreut zu. Sie sprachen von Großmutter, natürlich, von Großvater und Großvaters Vater, auch von sich selbst, als sie noch nicht mit Onkel angeredet wurden, noch nicht die knöcherne Maske, die tiefen Falten hatten. Ich hörte auf, an einer Feige zu kauen, während Robert wieder mit dem Kopf nickte, einen Augenblick lang, in dem er seine Schuhe ansah, dann die Treppenstufen, die Hauswand, dann wieder seine Schuhe. Danach erst sagte er, daß es vielleicht das beste sei, jetzt. Ich fragte im Rücken von Onkel René: willst du... Ich hatte den Mund voll von einem klebrigen süßen Brei. Onkel René drehte sich zu mir um, mit diesem verhärteten Gesicht, als ginge er auf seinen Stock gestützt, dabei saß er doch, leicht gegen einen Pfeiler gelehnt. Er sah mich an, als hätte ich, den er hinter seinem Rücken entdeckte, plötzlich irgend etwas verloren, die barmherzige Unwissenheit, die Ahnungslosigkeit, derentwegen er mich bis jetzt anders behandelt hatte. Ich betrachtete das verkrampfte Gesicht, dessen Züge an Großvater erinnerten. Ich fragte nicht gleich ein zweites Mal. Ich hatte den Mund voll von dieser erstickenden Masse, aber daran lag es nicht. Es lag an demjenigen, den Onkel René soeben, drei Stufen über sich, entdeckt hatte und dessen Fragen, Einwände, Erlebnisse nicht mehr die laute, belustigte, künstliche Zustimmung auslösten, die er mir – ich war dabei, es zu erfassen – siebzehn Jahre hindurch in reichlichem Maß gespendet hatte, sondern die besondere, beinah greifbare Aufmerksamkeit, wie er sie den anderen zeigte, die das rosa Haus, den Friedhof und die weite Welt ringsum häufig genug besucht hatten. Ich kniff die Augen zu und schluckte den Feigenbrei hinunter.

Auch Robert sah mich an, aber nicht anders als sonst, schien mir. Ich wiederholte: willst du wirklich? Onkel René nickte, ohne zu lächeln, ohne so zu tun, als sei das, was ich gesagt hatte, ungeheuer wichtig, besonders schwerwiegend oder originell oder empörend. Einfach mit dem Gesicht, das er beim Gehen hatte. Ich rutschte auf dem Hinterteil die drei Stufen hinunter, die uns trennten, und setzte mich an Onkel Renés linke Seite. Ich dachte, daß er nun sprechen würde, aber er sagte nichts. Er zupfte bloß eine kleine, fleischige Pflanze aus, die am Fuß der ersten Stufe gewachsen war. Robert ging ins Haus, um Kaffee zu trinken. Onkel René zeigte mit dem Kinn auf den kleinen Blätterstrunk und sagte: ein Steinbrech, saxifragum aizoon. Ich übersetzte: immerwährend? Er sagte: ja, so müsse es wohl sein.

Von dem anhaltend verschleierten Himmel fiel ein diffuses Licht, das den Augen weh tat. Die Luft war lau, und man konnte, bei dieser Milde ringsum, gewiß sein, daß die schöne Jahreszeit von fern schon nahte.

Onkel René zog Schultern und Augenbrauen in die Höhe, als ich ihn eine ganze Weile später fragte: wann denn? Wir saßen allein auf der Treppe. Die anderen waren im Haus. Ihr Gemurmel drang gedämpft zu uns. Onkel René sprach von Mama. Sie hätten beide schon darüber diskutiert. Man müsse sich auch was vom Halse schaffen.

Ich hatte meine Feigen nun aufgegessen. Er sagte, Tante Lise hätte es gefreut zu hören, daß ich mich mit Philosophie beschäftige. Ihr Bruder – dein Großonkel, sagte Onkel René – hatte eine Dissertation über einen deutschen Philosophen angefangen. Da gibt es viele, sagte ich. Onkel René glaubte sich zu erinnern, daß er den Namen eines Vogels trug. Ich dachte nach, aber kam nicht darauf. Erst im letzten Herbst hatte ich, zusammen mit dreißig Jungen in meinem Alter, Philosophie begonnen. Charles schlängelte sich zwischen uns durch, um irgend etwas aus seinem Auto zu holen. Auf dem Rückweg wechselte er ein paar Worte mit Onkel René, mit mir und verschwand dann wieder im Haus. Onkel René sagte: ein Raubvogel. Zumindest klinge es im Französischen wie der Name eines Raubvogels. Ich sagte: vautour, chouette*. Er sagte: aigle**, oder so ähnlich. Darauf ich: du meinst Hegel. Er: genau! Das Ende der Geschichte. André wollte das Ende der Geschichte studieren und hat es selbst erlebt.

Ob ich Bescheid wisse? Ich sagte: ja. Großmutter habe mir, nicht im vorigen Jahr, ein andermal, gesagt, was der Pächter aus Gourdon ihnen erzählt hatte, damals, vor seiner, Onkel Renés, Geburt. Er habe Mut besessen – nicht Onkel René, der Großonkel André, erklärte ich (und wußte doch, daß dreißig Jahre später, also vor mehr als zwanzig Jahren, auch Onkel René Mut besessen hatte und daß er deswegen seither einen Stock brauchte zum Gehen). Er sah mich an wie in dem Augenblick, als ich in seinem Rücken gefragt hatte, ob er wirklich das rosa Haus verkau-

* Geier, Eule.

** Adler.

fen wolle. Was er nun sagte – ich begriff oder mühte mich verzweifelt zu begreifen, daß er es niemals zu dem andern gesagt hätte, der ich bis vorhin noch war, jemand aus der Zeit, in der man sich nicht vorstellen kann, daß nicht alles einfach, schön, stimmig ist. Ich antwortete sofort und so schroff, als hätte ich zu Tante Lise gesprochen oder als wäre ich sie , daß er – der Großonkel – nicht bloß verwundet worden sei. Daß er umgekommen sei. Er, sagte ich.

Onkel René lächelte auf die mir vertraute Art, wie früher, wenn ich etwas sagte, ganz gleich was, und er so tat, als sei es sehr bedeutend, sehr originell usw., während es überhaupt nicht so war, nur merkte ich das nicht. Dann war das Lächeln fort, und ich bedauerte, was ich gesagt, auch wie ich es gesagt hatte. Ich verbesserte: immerhin ist er umgekommen. Ich sah aufmerksam Onkel Renés Profil an, in dem ich das ursprüngliche Gesicht (ich meine: das von Mama), das Gesicht von Großvater und ein wenig auch das verblaßte Gesicht an der Wand von Tante Lises Zimmer wiederfand. Onkel René drehte den Kopf und sah mich an. Dann wiederholte er wörtlich, André habe es so gewollt und viel Mut brauche man dafür wohl nicht.

Marie und ihre Mutter gingen hinter der Zisterne vorüber, dann waren sie fort. Ich fragte Onkel René, ob ich ihm aus der Küche Kaffee holen solle. Er sagte nein. Er hatte nicht mehr das angespannte Gesicht wie beim Gehen, wenn er nicht wollte, daß man ihm die Mühe ansah, die es ihm bereitete. Ich griff behutsam an. Ich sagte, der Großonkel habe ja verlangt, sofort an die vorderste Front geschickt zu werden, nicht wahr? Er sei losgestürmt gegen die Deutschen, die sich dort verschanzt hielten, in Belgien. Zum Schluß seien sie nur noch zwei gewesen, er und dieser

Bauer. Sie hätten sich sehr wohl in die Erdmulde legen können, aber sie machten weiter. Sie kamen aus der Deckung, nur wenige Meter von den anderen – gegenüber – entfernt, und liefen bis zum Schluß. Onkel René nickte sacht mit dem Kopf, während ich erzählte, was mir Großmutter erzählt hatte. Was man ihr erzählt hatte. Er hatte sogar, wie Großmutter zum Schluß, dieses schnurrende Geräusch in der Kehle, das man für eine späte Billigung, eine Hinnahme dessen, was gewesen ist, halten konnte.

Ich wartete ein wenig, aber er schwieg. Dann sagte ich: als sie aus der Deckung kamen, der Bauer und er, als das Maschinengewehr schoß, da hat er sogar einen Namen gerufen. Wußtest du das, hast du das gewußt? Onkel René sagte: ja, das wisse er und noch zwei, drei Kleinigkeiten, von denen ich nichts wüßte. Ich sagte, im gleichen Ton, wie ich zuvor »er« gesagt hatte: daß sie tot war? Ist es das, was du zu wissen glaubst: daß sie tot war? Ich meinte, genau wie Tante Lise zu sprechen. Und sagte, in verändertem Ton: du siehst, ich weiß es auch. Doch er schüttelte den Kopf, machte leise t-t-t mit der Zunge. Und ich: ist es etwa anders? Darauf er: noch nicht. Damals war sie noch nicht tot. Sie hatte nur geheiratet, aber nicht ihn. Ich hatte den Mund halb offen, denn ich hatte weitersprechen wollen. Es verging eine Weile, ohne daß ich etwas sagte. Ich machte den Mund wieder zu. Onkel René sah mich von der Seite an. Er lächelte ein wenig, wie früher, als ich erst vierzehn war oder sechs oder noch weniger. Ich sagte, das hätte ich nicht gewußt.

Hinter uns, am oberen Ende der Treppe, hörten wir Cousine Annette und ihren Mann. Sie wohnten nicht allzu weit weg vom rosa Haus, sie mußten nur bis Angoulême.

Ihr Dyna sah mittlerweile etwas altertümlich aus, wie der Frégate. Außerdem hatte Annettes Mann sich erst spät ans Steuer getraut. Als wir mal nicht beim Beerdigen waren, sondern zusammentrugen, was einem jeden von uns in der Zwischenzeit zugestoßen war – und das war schnell erzählt –, sagte Rémy (der Sohn von Annette), sein Vater hätte sich das Geld fürs Getriebe sparen können, weil er sowieso nur im ersten Gang fahre. Onkel René und ich standen auf, um die beiden zu verabschieden. Das Jaulen des Motors übertönte das Stimmengewirr. Der Dyna fuhr an uns vorbei und entschwand.

Onkel René sagte, daß er nun doch ganz gern etwas Kaffee trinken würde, wenn noch welcher da sei. Ich ging hoch in die Küche, ihm eine Tasse zu holen. Ich sprach ein wenig mit Antoine und Léonie. Der penetrante Schimmelgeruch hatte nachgelassen. Unter den Wohlgerüchen von Kaffee, übriggebliebenem Aufschnitt und Tabak fand ich den seit je vertrauten Duft des rosa Hauses wieder. Ich stellte Onkel René die Kaffeetasse hin und setzte mich auf die andere Seite. Ich hatte noch nicht den abgewetzten Stein der Treppenstufe berührt, da redete ich schon.

Er sagte: ja, in einem ganz anderen Ton als Tante Lise oder ich, wenn wir etwas gewußt hätten, das er nicht wußte, aber zu wissen behauptete. Bei ihm klang es, als wäre das eine Geschichte, die ihn nichts anging, die einem Fremden zugestoßen war, in einer Zeit, von der man sich nicht vorstellen kann, daß auch damals die Zeit verging, die Jahreszeiten wechselten. Ja, einen indirekten und schnellen Weg, Ruhe zu finden: das war es, was er vom Krieg wollte. Ich öffnete wieder den Mund, aber kein Wort kam heraus. Onkel René sagte, er urteile nicht. So sei es damals eben gewesen. Es habe an der Zeit gelegen, nicht allein an André.

Und ich: war sie von hier, das Mäd..., die Dame? Onkel René drehte den Kopf leicht zu dem Hohlweg und den Obstplantagen, die hinter uns lagen. Er deutete mit dem Kinn dorthin und sagte: besser ging es kaum. Nur den Hügel hinauf.

Es entstand Schweigen.

Er sagte dann in neutralem Ton, wie er wohl angebracht ist, wenn alles vorüber ist und man es als erwachsener Mensch schließlich hinnimmt: diesen Hügel hatte der Urgroßvater gerade erst an den Nachbarn verkauft – an den vor dem Einäugigen –, eben um Andrés Studium zu bezahlen. Er sagte, und sah mich dabei an, ich müsse das jetzt begreifen. Daß die Dinge, der Boden, das Geld – vor allem das Geld, das den Umgang mit den Dingen zu erleichtern scheint – die Beziehungen zwischen den Menschen erschweren. Daß man sich von den Dingen frei machen müsse, an nichts hängen dürfe, um wirklich frei mit den Menschen umzugehen. Aber, fügte er hinzu, vielleicht würden die anderen das nicht verstehen, dann wäre alles noch komplizierter, als es schon ist. Er nehme also an, daß es der Hügel war, der André gebremst hat, weil er ja zum Bezahlen des Studiums dienen sollte und weil man hätte denken können, daß André, wenn er da hinaufging, nur die Absicht hatte, ihn zurückzugewinnen. Zumindest glaubte er, daß die anderen das glauben würden. Er muß sich eingebildet haben, man werde denken, er wolle alles haben: Weisheit, den Hügel und als Krönung das junge Mädchen. Sogar sie selbst werde das denken. Ich fragte, ob sie es denn dachte. Onkel René sagte, er wisse nichts davon. Er sei nicht dabeigewesen – vor mehr als sechzig Jahren, in einer anderen Zeit.

Ein Weg von fünfhundert oder sechshundert Metern, und er ist ihn nicht gegangen, der Großonkel, als es Zeit dafür war. Zuerst nicht, weil es zu früh war, weil er sich sagen mußte, man werde glauben, daß er nicht wegen des Mädchens kam, sondern wegen des Hügels, und das Mädchen würde natürlich dasselbe glauben. Und dann nicht, weil es zu spät, weil sie schon verheiratet war. Du wirst sagen – Onkel René sah kurz nach oben, in den verhangenen Himmel –, du wirst sagen, daß er sich hätte darüber hinwegsetzen können. Daß alles das, der Hügel, die Tatsache, daß sie verheiratet war, doch bloß Vorurteile sind, Vorstellungen, die unsereins so hat. Während er denken gelernt hatte in Toulouse und, Heirat hin Hügel her, die fünfhundert oder sechshundert Meter, die La Roche vom rosa Haus trennen, schließlich hätte gehen müssen. Ich sagte: ja. Onkel René nickte. Ja, sagte er, aber da war er schon tot.

Ich fragte, ob er wirklich glaube, daß alles sich so abgespielt hat. Er antwortete mit jener kühlen und etwas ironischen Stimme, die er bekam, wenn er von seinem Onkel sprach, er wisse es nicht. Er mache sich nur sein Vorstellungen. Er sei kein Philosoph, er nicht.

Vielleicht lag es an seinem Philosophieren, nicht am Hügel, bloß an der Philosophie (an dem, was er über die Gedanken der anderen dachte, wenn er den Einfall hätte, hinauszugehen hinters Haus, auf die Terrasse, und zehn Minuten geradeaus zu marschieren). Onkel René sah mich an. Was ich denn davon hielte? Ich fragte: von ihrer

Heirat? Er sagte: nein. Vom Hügel? Darauf er: von der Philosophie. Das wisse ich noch nicht so genau, sagte ich. Ich wollte sagen: sie macht einem bewußt, daß man es nicht genau weiß, während man vorher zwar auch nicht mehr gewußt hat, doch ohne es zu wissen. Vielleicht war es das, sagte er. Daß der Großonkel über seinem Wissensdurst alles andere vergessen mußte. Daß ihm die Philosophie mehr Zeit nahm, als er vorausgesehen hatte, mehr als nötig gewesen wäre. Und als er dann eines Tages fand, er wisse jetzt genug, um seinen Vogel, du weißt schon – Hegel, sagte ich, und Onkel René sagte ebenfalls: Hegel –, etwas beiseite zu lassen, also da war der Vogel, war das Mädchen davongeflogen.

Ob mit einem aus dieser Gegend, wollte ich wissen, aber in dem Augenblick kamen Alcide und seine Frau (der Bonbonduft) die Treppe herunter. Wir standen auf und umarmten sie und sagten, was man sagt, wenn ein weiteres Mal zu all den Malen hinzugekommen ist. Dann setzten wir uns wieder, der Onkel und ich, verfolgten die rasanten Wendemanöver des roten Lancia zwischen dem Schuppen, dem schwarzen Frégate, Papas Simca, der Yuccapalme, und sahen ihn rasch davonfahren, den Weg entlang bis zum Abzweig.

Es war kühler geworden. Wir schwiegen und spürten nun, selbst Onkel René ging es so, ein leichtes Erstaunen, Großmutter beerdigt zu haben, immer noch dazusein, an diesem Vorfrühlingstag, auf der untersten Treppenstufe zu sitzen und zu denken, ich jedenfalls, daß wir die letzten wären. Daß es die Treppe, das Haus weiter geben würde, aber daß nicht mehr wir – diejenigen, die wir mit *wir* bezeichneten – an diesem Ort das Licht der Welt erblicken würden durch zwei Nadellöcher, dazu bestimmt, sich wieder zu schließen.

Ich weiß nicht, ob ich noch einmal fragte oder ob Onkel René von sich aus antwortete auf das, was ich ihn gefragt hatte, bevor Alcide kam. Nein, sagte er. Einer aus Paris, der seine Illusionen verloren hatte. Seine Frau starb bei der Entbindung und er kurz nach ihr, an der spanischen Grippe.

Robert und Tante Jeanne brachen auf, dann die Mianes. Der Himmel war mit einem Mal trübe geworden und glich einer riesigen Folie aus Eisenblech. Es war, als hätte die Zeit ihren Lauf umgedreht, als wären wir zurückgekehrt in den Winter. Ich fror.

Ich sagte: so glaubst du also, daß er absichtlich aus der Mulde gekrochen ist, weil er nicht im rechten Augenblick auf den Hügel gegangen war. Du glaubst, daß er gar nicht tat, was er zu tun schien, und gar nicht versuchte, nach – Onkel René sagte: Les Auvelais – ja, sagte ich, nach Les Auvelais zu gelangen, sondern sich nur den Kerlen auf der anderen Seite zeigen wollte? Onkel René schüttelte unaufhörlich den Kopf, während ich versuchte, mir die Dinge auf neue Weise vorzustellen. Was schwierig war, denn unter einem bestimmten Blickwinkel war es genau dasselbe: derselbe schwerfällige Ansturm über die gepflügten Felder, das Gebrüll aus zweitausend Kehlen, das Signalhorn, das Trommelfeuer. Und dann die Unebenheit im Gelände, die stille Senke, darin der Pächter, der nicht weiterwollte, und André, den das ungeduldige Verlangen, Schluß zu machen, dem Maschinengewehr entgegentrieb.

Am Ende dachte ich, es mir einigermaßen vorstellen zu können, aber ich sagte Onkel René nicht, weshalb. Sie waren, rund zwanzig Jahre danach, 1933 oder 1934, hinauf nach Belgien gefahren, er zusammen mit Großvater, Großmutter und Tante Lise. Sie hatten Mama, die noch zu klein war, zu Hause gelassen. Das Dorf inmitten der Felder war unscheinbar. Südwestlich davon suchten sie nach der Stelle. Sie erkundigten sich bei Erntearbeitern. Sie legten ihren Strauß auf die Stoppeln, zwanzig Schritt von einer Hecke entfernt, über die hinweg sie die Dächer sehen konnten.

Ich fing wieder an zu frieren unter dem undurchsichtigen, winterlichen Himmel. Onkel René stand auf, ich nahm seine Tasse und ging langsam hinter ihm her, während er mühselig die Treppe hinaufstieg. Im Vorraum, gleich an der Tür, trafen wir auf Antoine und Margot. Sie waren im Aufbruch. Das Stimmengewirr hatte sich verändert, es war schwächer geworden, durchsetzt mit Schweigen. An der Grenze zum großen Saal, etwas zurückgezogen, stand Charles mit dem traurigen Lächeln, das man hat, wenn alles gesagt, alle Welt verabschiedet worden ist und man wegfahren wird. Léonie sprach in einem fort zu Margot und sagte, was sie schon das letzte Mal und alle Male davor zu jedem von uns gesagt hatte, mit kurzen Pausen, unterstrichen von immer denselben Ausrufen – nun ja, was soll man machen, so ist es eben! Léonie küßte Antoine, dann konnten auch wir ihm und Margot auf Wiedersehen sagen, sie dreimal auf die Wangen küssen, während Léonie auf Charles zuging – nun ja!

Onkel René tat einen Schritt in Richtung des großen Saales, blieb aber hinter Léonie stehen. Ich sah, daß er zögerte, auf seinem schlimmen Bein ein wenig schwankte, dann kehrtmachte und in die Küche ging, wo er sich setzte.

Ich folgte ihm. Ich stellte die Tasse am steinernen Spülbecken ab. Es roch nun kaum noch nach Lebensmitteln und Kaffee, darum war der Schimmelgeruch wieder stärker. Aus der Diele hörte ich Léonie: das Schicksal hat es so gewollt. Ich stand mit dem Hintern an das Spülbecken gelehnt.

Ich war es, der wieder anfing zu sprechen: was hätte er denn tun sollen, deiner Meinung nach? Die Antwort kam prompt: nichts. Darauf ich: wie denn nichts? Und Onkel René: nichts. Nicht mitmachen, nicht einrücken. Sich einen Dreck darum scheren. So hat doch der aus Gourdon gesagt? Ich erwiderte, daß niemand... aber Onkel René ließ mich nicht ausreden. Er drehte mir den Rücken zu, ich konnte sein Gesicht nicht sehen. Na und? sagte er, und daß das kein Grund sei, oder daß es dann nicht der Mühe wert gewesen sei zu studieren, Philosoph zu werden. Oder aber die Philosophie sei nur leeres Gerede.

Charles und Großtante Berthe, die Léonie entronnen waren, kamen herein, uns auf Wiedersehen zu sagen. Der Dauphine fuhr am Fenster vorbei, mit eingeschalteten Scheinwerfern. Léonie hielt Etienne fest, ich hörte ihre eintönige Stimme – was ist schon der Mensch – und das Geräusch der Stühle, die im großen Saal zurechtgerückt wurden.

Onkel René sagte leise, es sei immer möglich, nicht zu tun, was die anderen verlangen. Doch sei er kein Philosoph. Er habe nur gelernt, Motoren zu bauen, und verstehe außer von seinen Zylindern und Kolben nichts. Aber es müsse auch damals möglich gewesen sein, sich zu weigern, einfach sich zu weigern. In der Diele sagte Léonie, das Schicksal habe es so gewollt. Ich sagte, gegen das Spülbekken gelehnt: da waren die Deutschen. Das Abenddunkel beherrschte nun die Küche, staute sich in den Winkeln, verwandelte die vertrauten Dinge, daß sie selbst dann noch ungewöhnlich, fremd blieben, als ich mir vorzustellen versuchte, wie sie ausgesehen hätten, wenn es nicht so dunkel gewesen, wenn es nicht dieses unruhige Schweigen gegeben hätte vor dem Auseinandergehen. Die noch im großen Saal waren, müssen wie ich die tückische Gleichgültigkeit der Dinge gespürt haben, von denen man ein wenig Beständigkeit erbittet, auch bekommt oder zu bekommen glaubt, etwas von ihrer Geduld gegenüber der Zeit. Als hätte das rosa Haus – die unvordenkliche Evidenz des Lebendigen und der Zeit, die geheime Wiege der Schöpfung – uns alle verraten, als enthüllte es im Dunkel nun die Illusion, die in unserem Glauben bestand, auf der Welt zu sein. Ich dachte, schuld daran sei Onkel René, weil er vorhin auf der Treppe das Wort ausgesprochen, die Steine, die runden Ziegel verraten hatte, die uns in gewisser Weise vor der Zeit und ihren Angriffen schützten, und daß nun ihrerseits die Steine, die pechschwarze Küche, von der alten und wechselseitigen Pflicht entbunden, für sich selbst existierten wie jede beliebige Ansammlung von Materialien, die eine mehr oder weniger wohnliche Leere umschließen, als wären wir plötzlich nur noch Unbekannte, deren Tod gewiß und ohne Gewicht ist.

Man hörte nur noch die Stimme von Léonie: so sei es eben, und die zögernden, zurückhaltenden Bewegungen derer, die sich im großen Saal die Mäntel anzogen und dann in der Diele zusammenkamen, wo die eintönige, hartnäckige Stimme sagte, das Schicksal habe es so gewollt. Onkel René, unbeweglich in dem Ausschnitt von

Helligkeit vor dem Fenster, Onkel René hätte ein verstümmelter Baumstamm sein können oder ein Fels, plötzlich aufgetaucht zwischen den Blöcken aus dichtem, feindseligem Dunkel, in die sich der gußeiserne Herd, der Brotschrank, das Geschirrbord verwandelt hatten. Sogar die Kupfertöpfe an der Wand glänzten nicht mehr. Ich wollte plötzlich nur fort, den Weg entlang flüchten, ohne abzuwarten, daß Papa mit dem Simca vorfuhr.

Da bewegte sich der Baum, der Fels in der schwarzbraunen Dunkelheit. Langsam drehte er mir ein Gesicht zu, das die Nacht und der offene Aufruhr der Dinge, des gesamten Hauses unkenntlich, fremd gemacht hatten. Er sagte, mit der Stimme, die Bäume oder Felsen haben werden, wenn sie eines Tages ihr Schweigen verlassen, daß das Bauern gewesen seien, die Deutschen, oder Philosophen. Nicht wahr, sagte er, die Philosophie, die ist von ihnen? Nicht losstürmen, sich nicht vom Fleck rühren – das wäre richtig gewesen. Das ist das mindeste, was man tun kann. Dazu sollte jeder in der Lage sein. Das ist allemal besser, als wenn sich Philosophen oder Bauern untereinander oder die einen die anderen massakrieren.

In der Diele war es auf einmal still. Das leichte Geräusch von Schritten, von übergestreiften Kleidungsstücken war verstummt. Man hörte noch einmal Léonie – was soll man tun? –, dann nichts mehr außer der Stimme von Onkel René. Aber ich hörte ihm nicht mehr zu, denn jetzt sprach ich. Ich sagte: und du, du selber? Du bist wohl nicht losgezogen? Dabei hatte es niemand von dir verlangt. Hast du etwa nicht auf sie geschossen, und haben sie dir nicht ein Bein kaputtgemacht, die Deutschen?

Nun war da wieder Onkel René, nicht mehr der Baum

oder Fels, den ich soeben noch gesehen hatte, im tückischen Dunkel. Ich erkannte auch seine Stimme wieder, gleichmäßig, immer etwas distanziert, auch wenn er von vertrauten Dingen, über sich selbst sprach. Es sei nicht ganz dasselbe gewesen, sagte er. Und ich: waren das etwa keine... Nein, sagte er, das waren Faschisten. Und dadurch war alles anders.

Mama stand in der Tür. Sie sah uns an, ihn, der saß und mir den Kopf zuwandte, mich, der dastand, die Hände um den Rand des Spülbeckens geklammert, mit offenem Mund, stumm. Mama hielt meine Jacke. Ich hörte, wie Papa sagte: gehen wir. Ich zog die Jacke an und ging hinüber in die Diele. Ich küßte Robert und Lucie, die schon fertig angezogen waren und darauf warteten, in die kalte Nacht hinauszutreten. Ich kehrte zurück in die Küche. Onkel René war sitzen geblieben. Er hatte den Hausschlüssel hervorgeholt. Er mußte warten, bis Léonie fertig war. Ich beugte mich zu ihm und küßte ihn auf die Wangen nicht anders als seit siebzehn Jahren. Mit seiner freien Hand faßte er mich leicht an der Schulter. Er sagte, das sei alles schwierig. Und, noch distanzierter als sonst: das Schicksal hat es so gewollt.

VII

Es war elf Uhr, aber es hätte auch jede andere Stunde eines beliebigen Tages einer beliebigen Jahreszeit an einem Ort dieser Erde sein können, der Vögel und Quellen nie gekannt hat. Neben mir war mit seinem langen traurigen Gesicht, seinem zerknitterten Arbeitskittel und seinem Wörterbuch Lormier wieder existent, während die Daker, die Geten, die blonden Sueben, mit denen ich, sitzend, schon vor dem Morgengrauen zu kämpfen begonnen hatte, still dahinschwanden. Ich las das Blatt noch einmal durch: die Männer auch, unterwegs in den Kampf und in gegnerische Lager, richten gerechten Vorwurf an die grausamen Götter. Lebon ging durch die Reihen und sammelte die Niederschriften ein. Die Kohorten der Schlacht von Pharsalos wurden wieder zu dem, was sie in Wahrheit gewesen, ein wirrer barbarischer Traum, ein wenig Tinte, schon verblaßt. Ich sah nichts hinter dem Fenster, nur ein kleines Stück weißen Himmel ganz oben, doch spürte man durch die dicken Mauern die trübe, hartnäckige Kälte draußen. Ich gab Lebon meine Übersetzung ab und stand auf. Vernhol und Lormier waren schon auf dem Flur, wo der süßliche, widerwärtige Dunst des freitags üblichen Fischgerichtes die trockenen Gerüche von Papier, Staub und Langeweile überlagerte, die wir gemeinsam ein ganzes Jahr und, von neuem, jeden Tag dieses endlosen Herbstes eingeatmet hatten. Dem der zweite Winter, das Frühjahr, die Aufnahmeprüfung folgen würden, und dann wäre ich zwanzig.

Vernhol verzog das Gesicht zu einer angewiderten Grimasse und sagte, was einer von uns jeden Freitag nach dem Unterricht von sich gab, wenn uns die Küchendünste entgegenschlugen beim Verlassen des Klassenraumes, in dem wir drei Stunden lang gearbeitet hatten. Aber es lachte niemand. Wir schnauften noch vor Ermattung, mit geblähten Backen und schmerzendem Kreuz. Die Externen gingen nach Hause. Wir umrundeten den Innenhof in der Galerie, in der noch die Lampen brannten, obgleich es bald Mittag war. Hier roch es nur nach Staub, Kreosot und toten Dingen. Wir stiegen in den dritten Stock und kehrten für eine Stunde in unser leeres Arbeitszimmer zurück.

Aus dem Hintergrund fragte Dunoyer, wie wir irgendein Dingsda übersetzt hätten. Lormier, der Länge nach auf einem der Tische ausgestreckt, erwiderte grob, er könne ihn mal. Ich setzte mich an meinen Schreibtisch. Ich tat das Wörterbuch an seinen Platz. Selbst im Arbeitsraum waren die unteren Fensterscheiben aus Mattglas, so daß nur der Himmel, am oberen Ende, uns ein wenig von der Außenwelt mitteilte oder zumindest daran erinnern konnte, daß es nicht allein die Daker, eiskalte Flure, den Arbeitsraum, sondern immer noch die Welt dort draußen gab.

Die Zeit kam wieder in Gang. Lormier schien auf seinem Tisch zu schlafen. Dunoyer brummelte seine Übersetzung vor sich hin. Um halb zwei würden wir, nach dem Fisch, in das Klassenzimmer zurückkehren, zur Prüfungsarbeit in Philosophie. Der Montagmorgen würde uns noch zu nachtschlafender Zeit an unsere Tische zurückschicken, zur Deutscharbeit. Am Dienstag käme Geschichte dran, und dann hätten wir frei. Vierzehn Tage lang würden wir zur Außenwelt gehören, durch Straßen gehen und sogar, wenn uns der Sinn danach stand, weiter hinaus, in die Dezemberlandschaft.

Es war nicht im Jahr des Abiturs, sondern im darauffolgenden, also vorige Ostern, als Onkel René bei uns vorbeikam. Ich war gerade wieder ins Internat, nach Limoges, zurückgefahren, so konnte ich ihn nicht sehen. Er hatte damit begonnen, das rosa Haus auszuräumen, langsam, wegen seines Beines, vielleicht auch, weil es sich um das rosa Haus handelte und um ihn. Erst im Juni, bei meiner Rückkehr, entdeckte ich in meinem Zimmer die Kartons, vollgestopft mit vergilbten Büchern, die einmal dem Großonkel André gehörten. Über ein halbes Jahrhundert hatten sie im Wandschrank der Kammer gesteckt, in der Tante Lise schlief. Sie waren es, die dem Raum mit den gegen die Hitze geschlossenen Fensterläden den Ewigkeitsduft des rosa Hauses verliehen hatten. Ich begnügte mich damit, einen Karton halb zu öffnen, einige verstaubte Bücher herauszunehmen, deren Titel mir inzwischen vertraut waren. Gleich darauf fuhr ich nach Deutschland. Dann verbrachte ich mit Mama drei Wochen am Meer, nach drei Jahreszeiten im Innern der dicken Mauern des Internats.

Aber all das – das Meer, Deutschland – war wie ein Traum. So lang er auch zu sein scheint, wäre es selbst einen ganzen Sommer, dauert er doch nur einen Bruchteil der Nacht und ist, beim Erwachen, nichts als ein Traum. Also fanden wir uns wieder ein, Dunoyer, Lormier, Vernhol und einige andere, mit unseren Koffern, in demselben Arbeitszimmer, vor den Scheiben aus Mattglas. Nun aber waren wir in der *khâgne**. Der Spätherbst muß herrlich gewesen sein, nach dem kleinen Stück Himmel zu urteilen, das man mit zurückgelegtem Kopf hinter den oberen Fensterscheiben sehen konnte. Dann bekam es die Farbe, die innen herrschte, wurde grau und fahl mit der raschen Abenddämmerung. So nahmen wir teil am düsteren Vorbeizug des Dezember, in dem das Jahr zu Grabe geht. Ich hatte einige Bücher aus den Kartons von Großonkel André mitgebracht. Manchmal öffnete ich abends, im Arbeitsraum, meinen Schreibtisch und war einen Augenblick wie benommen vom verblaßten, unmerklichen Duft des rosa Hauses.

Lormier sagte, er gehe hinunter zum Essen. Ich schlug die *Vorlesungen über die Philosophie der Geschichte* auf. Ich dachte, leicht belustigt, an Onkel René und den Vogelnamen. Kurz vor Pfingsten hatte ich die lange Einleitung durchgearbeitet. Das Buch ging auf, wo das Lesezeichen steckte. Ich las, still für mich, die letzten Worte: »Die Momente, die der Geist hinter sich zu haben scheint, hat er auch in seiner gegenwärtigen Tiefe.« Dunoyer fing wieder mit seiner Übersetzung an. Vernhol brüllte rundheraus, was er von ihm und von Lukan halte. Die Sauerei von Fisch, die wir auf unseren Tellern vorfinden würden, sei ihm da allemal lieber. Er stand auf und ging hinaus. Dunoyer vertiefte sich wieder in die Übersetzung, wobei er an seiner Nasenspitze zog. Es war kurz vor Mittag. Der Gedanke an das, was uns bevorstand – der Fisch und dann der endlose Nachmittag, den wir mit Philosophieren zu

* Klasse, in der man sich nach dem Abitur auf die Aufnahme in die Eliteschulen vorbereitet.

bringen würden –, verschlimmerte noch die Trübsal der flachen Wintertage und des Lebens hinter Mauern, zu dem wir seit vier Monaten gezwungen waren. Ich machte das Buch wieder zu. Nicht indem ich es einfach zuklappte, sondern indem ich die Seiten unter meinem Daumen zublättern, die vier Teile der Weltgeschichte mit einem leichten Geräusch von Flügelschlag vorbeiziehen ließ – die orientalische, die griechische, die römische, die germanische Welt. Ich begann mit Kopfschütteln. Ich vergewisserte mich, daß Dunoyer, drei Schritte von mir entfernt, sich immer noch über seine Blätter beugte, dann, daß ich selber dasaß in dem stillen Arbeitsraum, und schließlich – das alles blitzschnell, in irrem Tempo, obgleich von systematischer Überlegung begleitet –, daß es die Zeit gab: nicht allein das fahle Halbdunkel des Dezembertages hinter den Fensterscheiben, sondern die Zeit überhaupt, die neunzehn Jahre, die ich im Licht verbracht hatte, und ihnen vorgelagert all die anderen, die Substanz der Weltgeschichte. Dann, ehe noch die schnelle Kopfbewegung, dieses Schütteln aufhörte, schlug ich das Buch auf, die letzte Seite, nach der germanischen Welt, und sah die halbverwischte Bleistiftzeichnung.

Und wieder registrierte ich die Fortdauer des kalten Lichtes, der neunzehn verflossenen Jahre, als hätte gerade im Exzeß des Kopfschüttelns und der Verwirrung jener unpersönliche Teil von uns, die heikle Fähigkeit, nein zu sagen – die Vernunft, vielleicht –, allein und von sich aus an der Rettung dessen gearbeitet, was sich an unserem Tun retten läßt. Ich stand jetzt an der Tür. Dunoyer hatte den Kopf gehoben und sprach zu mir. Ich schnalzte mit der Zunge, machte eine Handbewegung, damit er schwieg, denn ich wollte wissen, warum ich stehengeblieben war. Dann wußte ich es. Mit einer einzigen Bewegung streifte ich, schon im Gehen, meinen Arbeitskittel ab, lief zur Garderobenwand am Ende des Zimmers, wo unsere Wintersachen hingen. Ich zog meine Jacke an, auf dem Weg zurück zur Tür. Dunoyer fragte wieder, ob ich essen ginge, und ich mußte ihm noch einmal sagen, daß er still sein solle – halt's Maul –, denn ich wollte die hartnäckige, fast unhörbare Stimme vernehmen, die in uns widerhallt, mögen wir uns noch so weit verirrt haben. Um ihren leisen Vorschlag zu hören, mitten in der Verwirrung, brauchte ich irgendeinen gleichgültigen Gegenstand, den ich ansehen konnte, die cremefarbene Wand, die abgeblätterte Türfüllung. Mit einem Satz kehrte ich zu meinem Schreibtisch zurück. Ich nahm das Buch. Ich schlug die letzte Seite auf. Ich betrachtete sie mit aller Kraft, fünf Sekunden lang. Ich warf einen Blick auf Dunoyer, der mein Hin und Her beobachtete. Wir starrten einander an, ich mit zusammengezogenen, er mit hochgezogenen Augenbrauen und den Mund gerundet, schon bereit, seine Frage zu wiederholen.

Das Schrillen der Schulglocke erfüllte den Arbeitsraum genau in dem Augenblick, da ich wußte, was ich noch zu tun hatte, bevor ich loslaufen und nichts mehr tun würde als das, laufen. Ich ging auf Dunoyer zu, dessen Lippen sich bewegten, der wahrscheinlich sagte: gehst du essen. Und ich, sehr laut, um die Glocke zu übertönen: gib mir alles Geld, das du hast. Seine Lippen formten: mein ..., dann brach das Geklingel so jäh ab, wie es begonnen hatte, und ich hörte: ... Geld. Ich sagte, ich schrie: ja. Ich geb's dir zurück. Darauf er: aber was ... Und ich: keine Zeit, schnell. Ich streckte die Hand aus. Er griff entsetzlich langsam in seine Hosentasche, während ich vor ihm auf der Stelle trat. Schließlich zog er seine Brieftasche hervor, nahm den Zehn-Francs-Schein heraus, den sie enthielt, und ich rannte los. In einem Schwung die drei Treppen hinunter. Die Klassenräume, unten, entließen soeben einen dichten Schub von Unterstuflern, Achte oder Neunte, durch den ich mir eine gerade Schneise bahnte. Dann bog ich rechts ab, hinein in den Fischgeruch, hinweg über die abgewetzten Fliesen, und mußte gleichzeitig gegen die Zentrifugalkraft und das Gedränge niedriger Schultern ankämpfen, aus dem mir helle Stimmen Proteste und Verwünschungen nachschickten. Allmählich wurde ich langsamer, ohne jedoch einen Augenblick nachzulassen in der Kraft, mit der ich meine Beine antrieb wie ein Autofahrer (einige Fahrstunden hatte ich schon genommen), der bei durchgedrücktem Gaspedal zu bremsen anfängt.

Mit dem Blick suchte ich, über die Köpfe hinweg, nach irgend jemand aus den Abschlußklassen. Ich blieb nun wirklich stehen, außer Atem, im penetranten, faden Fischgeruch. Ich lehnte an der Wand, mein Kopf dröhnte, als liefe neben mir ein ausgekuppelter Motor auf vollen Touren. Der helle Lärm der Kleinen, die ich gerempelt hatte, holte mich wieder ein. Die Schimpfwörter, die sie mir nachgerufen hatten, behielten sie nun für sich, aber ich spürte, als sie vorbeigingen, ihre schrägen Blicke. Da erspähte ich einen Langen und gleich darauf eine ganze Gruppe aus der Zwölften, die vorn aus dem Quergang kamen. Mit einem Schlag spaltete ich die Reihen der Schüler aus der Achten – bestimmt waren es welche –, als hätte der Fahrer endlich den Fuß von der Bremse genommen und wäre aus dem Stand mit Vollgas gestartet. Ich stieß an magere Schultern, weckte wieder den wütenden Chor heller Stimmen und schaffte es dann, langsamer zu werden. Von der Seite näherte ich mich dem Größten unter den Primanern, schlüpfte an seine Rechte, senkte den Kopf, biß mir auf die Lippe. Links von uns stand, vor dem Eingang seiner Pförtnerloge, Vater Doche mit hoheitsvoller Miene und kontrollierte den Abgang der Externen, für den Fall, daß es einem Internatsschüler in den Sinn gekommen wäre, das Gymnasium zu verlassen. Ich hörte auf, mir die Lippe zu zerbeißen. Ich hielt mich dicht neben dem Langen, der mich aus dem Augenwinkel überwachte. Die Luft wurde rauh. Ich stieg gemessenen Schrittes die abgewetzten Stufen der Freitreppe hinunter, über die stets derselbe chaotische Galopp dahinging, betrat den Kiesweg zwischen den kahlen Bäumen, hielt mich noch immer an der Seite des Primaners und war dann jenseits des Gitters, mit der vollen Geschwindigkeit meiner Beine herausgeschleudert in die Welt draußen, auf die Straße.

Ich hatte keine Sekunde aufgehört zu rechnen, zu zählen. Ich hatte sogar Zeit gefunden zu verzagen, im Flur, an die Wand gelehnt, mir zu sagen, daß alles schon vorbei sei, bevor es richtig begonnen hatte, mir den Nachmittag vorzustellen, die endlosen Stunden, die wir mit Schreiben zubringen würden. Und jetzt, nicht etwa Hoffnung – das wäre zu einfach gewesen –, doch etwas weniger Verzagtheit vielleicht. Wirkliche Menschen kamen auf mich zu, wichen im letzten Moment aus, verschwanden, Frauen mit Einkaufskörben in der Hand, alte Männer, eingemummt in Wintermäntel oder Lammfelljacken. Ich erreichte den roten Steinpfosten, hinter dem die andere Straße anfing, die andere Straße, die lange blinde Mauer, die mir das

Echo meiner Laufschritte zuwarf, und ich rechnete noch immer, versuchte abzuschätzen, wieviel Zeit vergangen sein mochte, seit ich in Bewegung geraten, zu laufen angefangen hatte. Sieben Minuten nach zwölf hätte es keinen Sinn mehr zu rennen, und alles andere, alles davor wäre dann ebenso nutzlos gewesen, mißlungen. Der Widerhall meiner Schritte, links, von der grauen, blinden Mauer her, überzog bei weitem die Frist, die ich ihm zugestanden hatte, aber mir blieb ja später Zeit genug, nach Herzenslust zu verzweifeln. Jetzt achtete ich nur darauf, das Schrittgeräusch nicht abreißen zu lassen, es womöglich noch zu beschleunigen, denn das war in diesem Augenblick das einzig Wichtige. Plötzlich brach es ab, vielmehr es veränderte sich. Das Echo war fort. Ich hatte die Bahnhofstraße erreicht. Ich lief am Gitterzaun entlang, der mich von den Gleisen trennte, lief mit derselben Geschwindigkeit, vielleicht noch etwas schneller, seit ich im Hintergrund das Gebäude mit dem grünen Kupferdach sehen konnte und am Giebel die Uhr, deren großer Zeiger auf dem dritten oder vierten Strich stand.

Ich rechnete nicht mehr. Ich verzweifelte nicht. Ich hoffte auch nicht mehr. Ich lief. Vom Gitterzaun kam ein Geräusch, das wie das Hecheln eines Hundes klang. Es vermischte sich mit dem keuchenden Atem, der mir die Brust zerriß. Ich sah das Vorderteil der Lokomotive. Es ragte ein wenig aus dem überdachten Bahnsteig hervor. Der Uhrzeiger war über den fünften Strich hinweggerückt, ohne daß ich die Bewegung gesehen hatte. Ich fühlte mich wie von einem Hund begleitet. Schließlich war ich so nahe heran, daß ich die genaue Stellung des Zeigers auf dem Zifferblatt nicht mehr ausmachen konnte. Dann die Bahnhofshalle mit ihren trägen Silhouetten, ihren Lichtern und Geräuschen, und ich murmelte vor mich hin, sah mich einen Waggon erreichen, dann im Waggon – es schien mir, als stürzte ich noch immer in riesigen Sprüngen die Treppe hinunter – erschöpft an der gegenüberliegenden Tür hokkend mit abgestorbenen Beinen, baumelndem Kopf und dem Gefühl, daß in meiner Brust eine große blaue Flamme brenne.

Ich hatte noch Zeit, mir zu sagen, daß ich Zeit hätte, bevor das metallische Dröhnen, die rauhe Stimme des Ungeheuers das unterirdische Halbdunkel füllte. Eine unsichtbare Hand schloß auf der anderen Seite die Tür. Langsam löste sich die Verzweiflung, das Schluchzen, das während des ganzen Laufes in mir saß. Der Ruck der Anfahrt preßte mich gegen die Tür. Es war derselbe Zug, mit dem wir am Ende des Trimesters nach Hause fuhren. Nur war es dann Sonnabend, und wir verließen mit unseren Koffern das Gymnasium um elf, hatten also eine Stunde und sieben Minuten, um zum Bahnhof zu kommen. Der Zug fuhr langsam aus dem Tunnel. Es war nun nicht mehr so dunkel. Ich war draußen, in gewisser Weise, obgleich andrerseits drinnen, und war Herr meiner Schritte, frei, durch den Winter zu reisen, selbst wenn ich schwerlich den Zug anhalten oder umlenken konnte, der immer schneller zwischen Häusern, Lagerhallen, Häusern dahinfuhr.

Im Lärm auf der Plattform wartete ich ab, daß die Flamme kleiner werde. Ich atmete wieder normal. Ich dachte kurz an Dunoyer, an die Philosophiearbeit, die mir erspart bliebe. Das Gestöhn der Ziehharmonika, die harten Stöße der Drehgestelle unter mir machten jedoch die Reglosigkeit, die ich genoß, auf die Dauer weniger angenehm. Meine abgestorbenen Beine zuckten auf dem bräunlichen Fußbodenbelag im raschen Rhythmus der Fahrt. Ich wiederholte mir halblaut, daß ich im Zug, daß ich in der Zeit war. Ich hievte mich hoch. Wir hatten die Stadt schon verlassen. Der Zug ratterte durch magere, grau und ockerfarbene Kastanienwäldchen, hin und wieder die hellen Striche einzelner Birken. Ich stieß die Verbindungstür auf.

Im ersten Abteil saßen, Seite an Seite, ein alter Mann und eine alte Frau. Ich spürte ihre Blicke, als ich mich ihnen gegenüber hinsetzte, an das schmutzige Fenster, und die wohltuende Mattheit wiederfand, nun befreit vom Lärm der Drehgestelle, dem gequälten Kreischen der Ziehharmonika. Ich schloß die Augen. Ich hatte Zeit. Sollten nun die vier- oder fünftausend Pferdestärken der Lokomotive ihre Arbeit tun. Danach, aber erst dann, wäre wieder ich an der Reihe. Ausgeruht. Nichts erschien mir so erstrebenswert wie Ruhe. Sie war wie eine schmale dunkle Kammer am Ende meiner Erschöpfung. Ich rückte mich zurecht. Zum Schlafen, wie zum Verzweifeln, bliebe immer noch Zeit. Ich sah die abgestorbenen Dezemberwälder vorbeihuschen unter dem unmerklich von weiß in grau übergehenden Himmel. Es war angenehm zu fahren, wenn man schon daran gezweifelt hatte, daß überhaupt noch etwas existierte, und sei es eine kahle Ebene, der reinste, der nackteste Ausdruck von Raum, jenseits der dicken Mauern und der Mattglasscheiben. Der Mann und die Frau, mir gegenüber, sprachen nicht, rührten sich nicht. Sie hatten den Punkt erreicht, an dem es vielleicht das Bedürfnis nicht mehr gibt, etwas zu tun, zu reden. Ich ertappte mich bei dem Wunsch, über die waghalsigen Unternehmungen hinaus zu sein, die in der öden Leere des Arbeitsraumes schlagartig Gestalt angenommen hatten, die verblaßt, beinah verschwunden waren, als die Mauer, die Zeit, der Gitterzaun auf mich einhämmerten beim Laufen, und die sich nun wieder an ihrem Platz befanden, weniger als vier Stunden von mir entfernt. Ich zählte und zählte noch einmal. Vier Stunden. Ja, sicher. Das muß ich gemurmelt, vor mich hin gesprochen haben, in das nun schwächere, regelmäßige Rollen des Zuges, denn ich fühlte den doppelten Blick der alten Leute über mein Gesicht huschen.

Ich zählte – dreieinhalb Stunden, jetzt, sogar etwas weniger –, da kam der Kontrolleur, und ich mußte ihm meine Situation erklären. Er wollte mir glauben. Im Stehen schrieb er, auf seiner Schaffnertasche als Unterlage, meine Fahrkarte aus. Er hielt sie mir hin. Mein Geld reichte nicht. Ich entschuldigte mich und bat ihn um eine Karte für die letzte Station, die man für vierundzwanzig Francs erreichen konnte. Er war gewiß über fünfzig, der Mann mit der Kontrolleursmütze. Er seufzte kopfschüttelnd und schrieb noch einmal. Dann gab er mir einen Franc und zehn Centimes heraus. In Luzech müsse ich aussteigen.

Als nach gut einer Stunde der Zug drei Minuten Aufenthalt hatte, dreihundert Meter von unserem Haus, von Mama entfernt, die nicht wußte, daß ich da war, daß ich vorbeifuhr (denn das konnte nur ich wissen und tun), geschah es, daß ich (derjenige, zu dem ich genau in diesem Augenblick geworden war) mit dem anderen aneinandergeriet, der neunzehn Jahre hindurch der Mutter all seine Kümmernisse, bis auf ein einziges, mitgeteilt, anvertraut hatte, auch all seine Hoffnungen, sofern er jemals wirklich

Grund hatte, etwas anderes zu erhoffen, zu wünschen als das, was ihm seit je schon zuteil geworden war. Ich drückte mich in die Fensterecke (derjenige, der nie imstande gewesen war, Hoffnung und Leid für sich zu behalten), ganz so, als hätte der andere (der, zu dem ich geworden, seit ich losgelaufen war) mich dort hingestoßen, mit Füßen und Fäusten, als nagelte er mich dort fest, weil er eine gute Stunde älter war als der Neunzehnjährige, der am liebsten ausgestiegen wäre, um alles zu erzählen. Und der Ältere, der keine Zeit gehabt hatte, viel zu lernen in der einen Stunde, wußte immerhin, mit wem er es zu tun hatte, während der andere noch fast nichts von ihm wußte. Wenn es also dem einen (dem Älteren) gelang, den anderen drei Minuten auf seinem Platz festzuhalten, in die Ecke gepreßt, fiel es kaum ins Gewicht, daß dieser (der Schwächling von neunzehn Jahren) gleich darauf die Oberhand gewänne, denn dann hätte sich der Zug wieder in Bewegung gesetzt und zöge mit seinen vier- oder fünftausend Pferdestärken weiter nach Süden, im vereinten Lärm der Räder und der Zeit.

Ich – der Schwächling und sein Gegner – sah den heimatlichen Bahnhof hinter dem Fenster vorbeigleiten. Ich war außer Atem, mein Hals schmerzte, als wäre ich wirklich mit einem Gleichaltrigen aneinandergeraten und nun den Tränen nah. Die Häuser zogen immer schneller vorbei. Das alte Paar, gegenüber, hatte sich nicht gerührt, kein Wort verloren während der ganzen wirren Balgerei. Wir fuhren hinaus in die ländliche Randzone mit ihren Häuschen aus Sandstein, den abenteuerlichen Gärten, den ersten Baumgruppen. Dann bohrte sich der Zug in dichtes Unterholz. Über den dahineilenden Wagen schloß sich eine graubraune Decke. Durch ihre Risse erblickte ich plötzlich die ersten Kalkfelsen, ganz fern ein Haus, verloren unter seiner Ziegelhaube, dicht zusammengerückte Wacholdersträucher. Hin und wieder wandte ich mich ab von ihrer dröhnenden Flucht, um mich einen Augenblick später zu vergewissern, daß sie immer noch hinter dem Fenster vorbeizogen, keine Täuschung waren, keine flüchtige Einbildung, die mich heimgesucht hatte, als ich über Papier gebeugt, von Mauern umschlossen war. Der Himmel hatte sich verändert, sein stumpfes Blau glich jetzt, über dem fahlen Kalkgestein, der Farbe von Venen, von Hautprellungen.

In Cahors mußte ich umsteigen. Ich hatte eine halbe Stunde Zeit, aber traute mich nicht, den Bahnhof zu verlassen, um Brot zu kaufen. Auf dem Bahnsteig war ein Automat. Mit meinem 1-Franc-Stück holte ich mir eine dicke Schokoladenwaffel, die ich so langsam wie möglich aß. Sowie ich den Zug verlassen hatte, fing ich an zu frieren. Dabei war es hier weniger kalt als in Limoges. Die Luft schmeckte nach Waschpulver. Das schwache, bläuliche, mit Ocker vermischte Licht kam von einer Dämmerung, die früh hereinbrach und als erstes den Himmel erreichte. Es war noch nicht spät. Ich stand allein, draußen, auf einem leeren Bahnsteig, in der Brandung der Zeit. Ich glaubte, ihr durchdringendes Vibrieren zu spüren, als hielte eine unsichtbare Geige endlos denselben Ton, sehr fern. Niemand vermutete mich hier, frierend, verstört, selbst an meinem Hiersein zweifelnd, indes ich in kurzen Abständen die stumme Festigkeit des Bahnsteigs unter meinen Füßen, den schalen Geschmack der Luft prüfte. Ich stellte mir vor, ich versuchte mir vorzustellen, was ich bis zu diesem Augenblick getan hatte und was noch zu tun blieb.

Ein Bauer kam, mit Lammfelljacke und Ohrenmütze, dann erschienen zwei mit Paketen beladene Frauen. Ich ging ein wenig auf und ab, gegen das andauernde Zittern, das meine Hände befallen hatte. Weil ich seit dem Abend vorher nichts Rechtes mehr gegessen hatte, außer der Waffel, dachte ich. Ich kehrte um, ging langsam dasselbe Stück zurück, dann in die entgegengesetzte Richtung, nur damit die Zeit vorrückte, näher an den Augenblick, in dem ich endlich wissen würde, was immer zu wissen mir bevorstand. So tauchte der Triebwagen aus der seltsamen Dämmerung auf, die unvermittelt dem Morgen gefolgt war. Mir schien, daß Jahre, Jahrhunderte Platz gefunden hätten zwischen den Bruderkämpfen bei Pharsalos und dem schweigenden Einsteigen dick vermummter Silhouetten. Ich setzte mich in die Nähe der Tür. Der Triebwagen stieß ein tiefes Brüllen aus, wie ein unruhiges Tier. Das Licht veränderte sich ein wenig, als wir unter dem Glasdach hervorkamen. Statt des vorzeitigen Aschgraus der Dämmerung beherrschte den Himmel nun das Dunkel eines tobenden Gewitters. Die tristen Mauern, die reizlosen Rückfronten der Häuser, an denen wir vorbeifuhren, glichen einem nicht mehr benötigten Bühnenbild, das eine tote Stadt darstellen sollte, bis dann unter blauschwarzem Gewölk der Causse an ihre Stelle trat, die verwitterte Kalkrinde unseres Planeten. Ich zählte nicht wirklich. Vielmehr waren es erwartete Bilder, die – seit ich angefangen hatte zu rechnen, zu rennen – in voraussehbarer Ordnung aufeinanderfolgten, das unbeständige Gesicht der Zeit zeichneten: der Zeit, die sich vor der flachen Schnauze des

Triebwagens auftat, und auch jener Zeit, die nicht richtig vergangen war, Zeit der fernen Male, als ich schon ins rosa Haus kam, ohne zu zählen, ohne zu wissen, daß es das erste Mal war, daß ich in der Zeit lebte.

So erkannte ich ein trockenes Tal wieder, von dem ich geglaubt hatte, es käme nur in meinen Träumen vor und diese Träume hätte ich vergessen. Dann einen quadratischen Turm, zerfallen, auf einer Anhöhe, schließlich einen eigenwilligen Weg, der plötzlich nach rechts verschwand, als der Zug über eine Brücke fuhr. Ich (meine Stimme) sagte: die Brücke. Und schon übertönte das Kreischen von Metall auf Metall die brüllende Stimme des Dieselmotors. Ich erkannte Einzelheiten, das welke Gras an der Böschung, kleine windschiefe Eichen, die Schlacke des Bahnsteigs, das Schild aus emailliertem Blech: Luzech. Ich mußte mit Kraft den Türgriff hinunterdrücken und sprang auf den Bahnsteig. Ich war allein. Im Diesel brutzelte es auf kleiner Flamme, dann brüllte der Motor wieder los. Der Triebwagen entschwand hinter meinem Rücken, und es herrschte Stille, viel lastender, als ich vermutet hatte. Erst vor kurzem hatte in Cahors ein passendes Bild – der öde Bahnhof unter melancholischem Himmel – der dritten Stunde ihr Gesicht gegeben. Jetzt aber war nicht einmal das hingepfuschte Bühnenbild einer toten Stadt, nichts war mehr da, das einem den Anschein von Wirklichkeit vermitteln konnte und einen Grund weiterzugehen. Ich blieb wie angenagelt stehen, mit halboffenem Mund und diesem Waschpulvergeschmack, unter einem Himmel so erdrückend, als hätten Unwetter und Dämmerung ihre Drohungen vereint.

Ich (der Schwächling von neunzehn Jahren) suchte

Hilfe, suchte in der undurchdringlichen Luft nach der altertümlichen Form eines Frégate. Dann wurmte es mich, daß ich – nicht einmal aus Ängstlichkeit, sondern weil ich überhaupt nicht daran gedacht hatte – nicht bis Prayssac mitgefahren war. Die anderen saßen, zweihundertfünfzig Kilometer von mir entfernt, noch über ihre Tische gebeugt, sicher waren schon die Deckenlampen eingeschaltet. In gerader Fortsetzung dieses Gedankens kam mir, seltsamerweise, ein anderer in den Sinn: daß der Geist – oder das Fleisch, die Bezeichnung tut nichts zur Sache – aus der Trennung von sich selbst zurückkehrte in seine Wohnstatt. Und dann bei sich war. Ich sagte es, auf deutsch, laut vor mich hin – *bei sich* –, in die gedämpfte Stille des Causse unter dem unheilverkündenden Himmel. Mein Mund verzog sich zu einer Art Lächeln, und ich konnte losgehen.

Die Kälte, die mich schon umschloß, spürte ich nun an den Händen und im Kreuz, dann wich sie zurück. Ich lächelte nicht mehr. Ich ging. Fast im Laufschritt. Auch das hatte ich mir vorgestellt, die verlassene Landstraße, die langsamere Zeit, in die die Straßen tief hineinführen, die unmerkliche Veränderung der Bilder, wenn man sich plötzlich auf Elementares beschränkt sieht – auf seine zwei Beine und die Freiheit, den Willen zu gehen. Ich hielt mich in der Mitte der buckligen Straße. Trotz der eisigen Luft und ihres Sodageschmacks nahm ich den ganz schwachen, bittersüßen Geruch der trockenen Erde wahr, den hartnäckigen Duft von einst. Ich zog meine Uhr zu Rate. Ich schätzte mein Tempo auf acht Stundenkilometer, vielleicht sogar etwas mehr. Ich rundete ab auf acht. Ich suchte mir Anhaltspunkte, einen Hochspannungsmast, einen Weinberg, eine Dreiergruppe majestätischer Nußbäume, beinah weiß gegen den violetten Himmel. Als ich knapp an ihnen vorbei war, sah ich auf die Uhr. In zwei Sprüngen war ich die Böschung hinauf und ging weiter auf einer Art Pflasterweg, der unter dem toten Gras entlanglief. Ich würde rechts an Prayssac vorbeigehen. Danach würde ich schließlich den Weg kreuzen.

Mir war nicht kalt. Wenn ich fröstelte, dann eher aus Schwäche, wegen dieser besonderen Anstrengung, die das Gehen erforderte. Die anderen, weit weg, hatten ihre Niederschriften schon abgegeben. Jetzt brach wirklich die schnelle Dämmerung der Wintersonnenwende herein. Die kleinen Details, das Gras, die leichten Unebenheiten des Geländes verschwanden. Das Kalkgestein war grau, der Himmel wie aus Blei. Ich war weit von der Straße nach Prayssac und noch weiter von dem Weg entfernt, den ich zu kreuzen hoffte, als ich an der Stirn das flüchtige, kaum merkliche Gefühl einer Berührung hatte, wie von einer kleinen Mücke oder einer Distel. Es war nun Nacht, aber nicht die vollkommen dichte, undurchdringliche Nacht der bewohnten Orte, der geschützten Enklaven, in denen Lampen brennen. Sondern eine bräunliche, leicht durchscheinende, gleichsam unvollkommene Nacht, in die man nach und nach eintritt. Ich war auf der Nachtseite und strengte meine Beine an, bahnte mir sachte einen Weg zum rosa Haus. Mit einer Hand strich ich mir übers Gesicht, um die Mücke zu verscheuchen oder den hartnäckigen Sporn der Distel. Dann dachte ich daran, daß Winter war; also Schnee und kein Insekt. Ich blickte hoch zu den braunen Tiefen des Himmels. Ich sah nichts, aber ich fühlte weitere winzige Stiche.

Ich beschleunigte den Schritt. Die Nacht mit dem unsichtbaren Schneetreiben war lebendig, war zur Feindin geworden. Als sich die Berührungen mehrten, steigerte ich mein Tempo noch einmal, mußte es aber bald zurücknehmen. Ich konnte nicht schneller. Der Schnee fiel. Er war wie ein grauer Schatten im braunen Halbdunkel. Mein Gesicht war naß. Ich mußte eine Pause einlegen in dem unsichtbaren Ansturm. Ich war außer Atem. Jeder Schritt erforderte einen Willensentschluß. Für Augenblicke packte mich ein Schüttelfrost, der nicht nur von der Kälte kam, vielmehr nach Angst aussah. Ich wollte mit mir zu Rate gehen. Halblaut sagte ich: also hör mal. Das sollte eine Spur belustigt, distanziert klingen, aber in dem veränderten, aktiven Schweigen ringsum war meine Stimme ernst und angstvoll. Ich mußte auf halbem Weg zwischen Luzech und dem Ort auf dieser Erde sein, an dem ich seit einer Ewigkeit verabredet war. Wenn ich umkehrte, würde ich die Straße wiederfinden und auf ihr bis nach Prayssac gehen, von dort weiter bis zum rosa Haus. Nicht mehr laufen, sich nicht bewegen war angenehm, selbst in den Falten des dunklen, eisigen Vorhangs. Ich dachte an die Straße. Es war mir nicht gleichgültig zu wissen, daß dort andere vor mir gegangen, andere mir folgen würden, daß ich nicht wirklich allein und verloren war. Das eben macht eine Straße, einen Weg aus. Es schneite stärker, die Flocken waren jetzt sehr groß. Ich fühlte sie auf meinem Gesicht, auf der Hand, die ich bewegte, als stritte ich mit der Nacht, dem Schnee, der verschwommenen Weite.

Aber seit ich haltgemacht und versucht hatte zu überlegen, wußte ich, daß es mir nicht gelingen würde. Ich war schon zu nah an der bitteren Neige, auf die man stößt, wenn die Kraft zu Ende ist und der Mut versiegt. Ich dachte noch an die Straße, auf der zu gehen beruhigend gewesen wäre, an Prayssac, wo ich bestimmt ein Stück Scheune, eine Garage gefunden hätte, um der Berührung durch den hartnäckigen, ängstigenden Vorhang zu entgehen. Ich mußte die Augen stark zusammenkneifen. Die Kälte durchdrang mich. Aus meiner Kehle kam dasselbe schnurrende Geräusch, wie Großmutter es zum Schluß von sich gab, als hätte sie sich in ihr Schicksal gefügt, sich der gebieterischen und geheimen Vernunft dessen, was sein muß, gebeugt. Ich riskierte den ersten Schritt, geradeaus, und wäre beinah sofort wieder stehengeblieben, so schwer war es geworden zu gehen. Der nächste Schritt verlangte dieselbe Anstrengung, dieselbe Mühe. Mehr nicht. So arbeitete ich mich voran auf meinem Abkürzungsweg, hinein in die wirbelnde Nacht.

Der Schnee blieb liegen. Ich spürte unter meinen Schritten die weiche Schicht, die den Boden zudeckte. Wiederholt geriet ich in Brombeergestrüpp oder in Gebüsch, weil der Vorhang gegen mein Gesicht wogte. Ich achtete darauf, meinen Kurs zu halten und der geheimnisvollen Anziehung zu folgen, die bestimmte Orte vielleicht auf uns ausüben, wie weit wir auch entfernt sein mögen, und mußte zugleich aus der bitteren Neige in mir die Kraft holen, ein Bein voranzusetzen, dann das andere, dann wieder das erste. Vor allem hütete ich mich zu verzweifeln, eingedenk der Regel, daß dazu immer noch Zeit bleiben würde. Hin und wieder rechnete ich. Ich hatte gewiß schon über die Hälfte des Weges hinter mir, und es mußte gegen sechs Uhr sein. Ich sagte: sechs Uhr. Mit der Entfernung, der grauen und eisigen Einsamkeit, der Erschöpfung kam mir nicht die Vorstellung, daß es wesentlich später sein mußte – was ja noch begreiflich gewesen wäre –, sondern daß ich aus der Zeit herausgetreten war, daß es nie mehr etwas anderes als Schnee und Nacht geben würde.

Und doch habe ich wohl angenommen, es sei später, denn das war es inzwischen ja wirklich, und bin erst später aus der Zeit herausgetreten. Die sich gleichsam aus dem Dunkel zurückzog, in dem ich meine Beine hob, das eine, das andere, dann wieder das erste, und jedesmal aufs neue überrascht war, daß sie sich von der verschneiten Erde lösen konnten, um sie kurz darauf wieder zu berühren. Sie hatten unmerklich aufgehört, das zu sein, was man für gewöhnlich (seine) Beine nennt, und waren starre, schwere Stelzen geworden. In Prayssac hätte ich eine Laube oder wenigstens einen Bretterverschlag gefunden, um der grausamen Riesenhand zu entgehen, die mich in einen Gazevorhang wickelte, mich blind machte.

Ich stand still. Sosehr ich mich dagegen wehrte – ich bereute, daß ich ausgerissen war. Man hält Neunzehnjährige zwischen vier Mauern, weil sie nicht, noch nicht dazu taugen, sich auf die Erdenhärte, auf den grauen Vorhang einzulassen, der mir vorm Gesicht klebte. Ich hätte den Weg kreuzen müssen. So schien mir. Ich fühlte mich wohl, auf meinen stillstehenden Beinen. Sie zitterten ein wenig. Mein Gesicht verzog sich zu einer scharfsinnigen Grimasse, kein Lächeln, dafür war die Haut viel zu eisig, verhärtet, fühllos: ich brauchte mich ja bloß hinzusetzen. Und gleich darauf: mich auszustrecken. Der Schnee lag hoch genug, die kleinen Unebenheiten des Bodens würden mich nicht stören. Ich wunderte mich, daß ich nicht eher daran gedacht hatte. Ich schwankte in der Riesenhand. Es muß, da ich schwankte, Zeit verflossen sein, aber das war eine andere, eine Art Zwischenzeit, ohne Bild, ohne Endpunkt, ohne diese – wenn auch leichte – Abschüssigkeit, dieses unfaßliche Vibrieren und Schwirren, an dem man die Zeit erkennt.

Unten ging das langsame Anheben der Stelzen weiter, von allein, so daß ich mir nach Belieben ruhige Freuden, Scheiben aus Mattglas, schützende Vordächer ausmalen konnte. Hätte ich mittags den Fisch gegessen, besäße ich nun mehr Kraft, weil es ein Mittagessen gewesen wäre. Auch Fisch, dieses blasse, widerliche Fleisch, gibt Kraft weiterzugehen. Bei jedem Schritt sank ich tief ein. Das spürte ich, obgleich ich unterhalb der Knie fühllos und schwer war, als hätte ich dort Holzkloben oder Pleuelstangen. Sie waren nur zur Umkehr zu bewegen, wenn sich ein Hindernis als undurchdringlich erwies, wenn ich, blind durch den Vorhang, gegen eine kleine Steinmauer stieß. Brombeersträucher und Gestrüpp durchquerte ich knurrend. Je mehr sie mir Widerstand leisteten, desto lauter knurrte ich. Ich hörte meine Stimme, im Schnee, und war auf der anderen Seite des Gesträuchs, mit brennendem Gesicht, wütend.

Ich lehnte an der niedrigen Mauer, die gegen meine Schenkel, meinen Bauch drückte, durch die dicke Jacke hindurch, aber ich nahm es nicht wahr. Ich dachte mit Bedauern an den Fisch, den Arbeitsraum. In Wahrheit nutzte ich den Widerstand, den die Mauer mir entgegenstellte, um nichts zu tun, mich nicht mehr zu rühren. So blieben wir aneinander, umschlossen von dem Vorhang. Bis ich sie schließlich wahrnahm als das, was sie wirklich war: eine kleine Mauer, die mir im Weg stand, nichts weiter. Ich knurrte dumpf, wie ein gereizter Hund. Ich nahm die Hände aus den Taschen, tastete nach den Steinen unter der grauen Haube, im Grau, und bog den ersten Ast zu mir herunter. Ich war beunruhigt, aber ich konnte nicht herausfinden worüber. Ich suchte mit geschlossenen Augen, halb im Knien. Mir schien, als suchte ich, dabei tat ich nichts. Ich stand ganz still. Das war angenehm und hätte es doch nicht sein dürfen. Ich öffnete die Augen in der Hoffnung, etwas anderes zu sehen, irgend etwas, nur nicht den tristen Vorhang, der mir jedoch weiter entgegenschlug. Meine Unruhe zu ergründen, schob ich auf für später. Dem ersten Ast folgte der zweite, weiter oben, dann drückte die Mauer gegen meinen Rücken. Die angenehmen, verfänglichen Gedanken kamen wieder, wo mir doch, seit langem, nichts angenehm sein durfte. Ich ging also weiter. Sogleich kehrte die Mauer wieder und stieß mir gegen die Beine. Ich hatte noch nicht einmal die Hände in die Taschen zurückgesteckt. Ich knurrte auf, hatte vielleicht die ganze Zeit über dieses dumpfe, rachsüchtige Knurren ausgestoßen. Ich stützte mich sofort gegen das Mauerwerk, damit nicht die angenehme Mattheit zum Zuge käme, die ich bannen mußte. Aber nicht sie erfüllte mich mit Verwirrung. Es war die Fläche, gegen die ich mich stützte, die kleine Mauer, denn das war nicht die kleine Mauer. Eine Frage geisterte durch Schnee und Nacht, ganz in meiner Nähe, eine sehr komplizierte Frage, auf die ich nun zu antworten hatte. In diesem Augenblick hing es von mir ab, ob etwas anders existierte denn als ein Ding, also außerhalb und fern von mir und ohne daß ich einen Begriff davon haben, Verantwortung oder Sorge dafür tragen müßte. Ich stand vollkommen reglos. Ich hörte auf zu knurren. Ich schloß die Augen, wurde selbst zum Ding unter all den Dingen, bis die kleine Mauer vor mir, gegen die ich meine Hände hielt, nicht mehr die kleine Mauer wäre. Will sagen: nicht mehr jene, die ihr in einer Weise glich, daß es dieselbe hätte sein können, was sie aber nicht war, sondern eine andere, allein aus dem Grund, weil sie sich hinter mir befand. Und weil der Raum dazwischen, wo ich stand, der Weg war.

Denken, schien mir, war eine zu schwere Mühe, eine übermäßige Pein. Doch da ging ich schon schwerfällig durch das flutende Grau, als wäre am bitteren Grund eine unbekannte Quelle entsprungen. Das Grau war übrigens weniger dicht. Ich erkannte die doppelte Mauerreihe und vor mir die tiefschwarze Nacht. Bald mußte ich langsamer gehen, nur selten ein paar stürmische Schritte. Die kleine Mauer zur Linken veränderte sich, war dann nicht mehr da. Ich hatte das Bett der Zeit, den Fluß der Bilder wiedergefunden. Ich folgte dem noch sanften Abhang der Senke, die sich in die Nacht hinein öffnete. Ich knurrte nicht. Die Umfriedung sah ich nicht kommen. Ich stieß heftig gegen das Gitter. Stumm ging ich daran entlang, bis eine Lücke auftauchte. Ich ging immer weiter. Die Zeit, schien mir, kam nun schlechter voran. Ich beschleunigte meinen Schritt. Der Schnee steckte voller Äste, aber das war vorauszusehen, normal. Dies waren die letzten Bilder. Von Anfang an hatte ich gewußt, daß ich zum Schluß gegeißelt würde. In scharfer Strömung fing die Zeit wieder an zu treiben. Ich konnte eine Pause einlegen. Ich wußte, daß es eine bloße Pause sein würde, kein Trick der Trägheit oder des Vergessens, in dem man für immer bleiben möchte. Die Arme vor dem Gesicht gekreuzt, um mich gegen die

Bäume zu wehren, tauchte ich erneut in die rüden Stromschnellen der Zeit. Die sich bald darauf beruhigte. Die schwarzen Baumstrünke markierten die helle Decke der Erde bis dicht an das große quadratische Haus heran. Sein Dach schien in der schwarzen Luft zu treiben. Ich sah, daß es nicht mehr schneite.

Ich ließ die Arme sinken. Ich hörte auf zu gehen, hörte auf zu knurren. Ich dachte an nichts. Es war, wie es war.

Ich blieb stumm, wie getrennt von der fernen Erde, der Zeit hier unten. Oben, an der gleichmäßig dunklen Fassade, zeichneten sich die Lichtstreifen einer Lampe ab, die hinter einem Fensterladen brannte. Es war köstlich, nicht mehr Arme und Beine antreiben zu müssen, damit sie sich bewegten. Mir ging durch den Kopf, daß ich die Hügelkuppe eher erreicht hätte, wäre ich von Prayssac statt von Luzech gekommen. Doch selbst dann wäre ich nicht rechtzeitig dagewesen, bevor sich die Fensterläden schlossen. Ich hatte nicht vorausgesehen, daß der Schnee mit von der Partie sein würde. Ich hatte die Zeit verlassen und sie zu fern, zu spät wiedergefunden. Ich konnte meine Uhr erkennen. Sie zeigte auf sieben, aber das tat sie noch immer, als ich erneut nach der Zeit sah, als die Lampe erloschen war.

Beinah hätte ich, in der ungewöhnlichen Helligkeit, die von der Erde ausstrahlte und den Bäumen die Schatten nahm, gerufen, mit lauter Stimme: nicht den Namen, den ich nicht kannte, weil ich fast alles noch nicht kannte, sondern den anderen, den André geschrien hatte, als er aus der Mulde kam, vor mehr als fünfzig Jahren, tausend Kilometer von hier. Ich öffnete den Mund und machte ihn wieder zu. Es war, durch den Schnee, nicht wirklich Nacht, doch nie war der Tag so fern gewesen, so bedroht. Ich war es, der dieses unpassende saugende Geräusch mit den Lippen machte. Die Kälte hatte nun doch gesiegt. Ich war wie weggeschnitten in der Mitte, den warmen, spürbaren, faustgroßen Kern in meiner Brust, um den herum alles übrige krampfhaft zitterte. Ich wartete. Ich hätte nur gern gewußt, wie spät es war.

Als die Schneeschleier die geisterhafte Fassade, die kahlen, klaren Bäume verhüllten, konzentrierte ich meine ganze Aufmerksamkeit auf die Beine, damit sie mir nicht einknickten. Ich wartete noch in der dichten Hülle, mit zusammengekniffenen Augen. Mühsam ging ich etwas näher ans Haus heran und sah nichts als Grau. Ich wartete. Ich vergaß. Nur das Wegrutschen eines Beines, meistens war es das linke, holte mich zurück aus dem Vergessen. Ich merkte, daß ich wartete, daß ich keinen Augenblick damit aufgehört hatte.

Ich ging ein Stück, war noch im Gehen, als das Bewußtsein dessen, was an dem Ort geschah, an dem ich war, mich erneut streifte, wie eine Schneeflocke in meinem Inneren, nicht außen. Der abschüssige Boden half mir voran. Ich ging den Hügel hinunter, besaß sogar genügend Geistesgegenwart, meine Hände zu gebrauchen, um mich zwischendurch an den Bäumen festzuhalten, die unschlüssig schienen, sich an meiner Geißelung zu beteiligen. Dann aber erklärte sich der Boden gegen mich. Ich wußte, daß ich mir nicht die geringste Bequemlichkeit leisten durfte, der Versuchung widerstehen mußte, endlich nicht mehr auf meine Beine zu achten. So wandte ich ihnen, bis sie nicht mehr nötig wären, weiter meine ganze Aufmerksamkeit zu. Ich war lange gegangen, dabei hätte ich für die zurückgelegte Strecke viel weniger Zeit gebraucht, wenn es nicht geschneit, wenn ich nicht diese Last getragen hätte, diese Müdigkeit. Es war wie eine Stimme, innen, ein schwaches Echo. Ich tat noch drei Schritte an dem steilen Hang, ins Grau hinein, auf dem verräterischen Boden, der plötzlich anders wurde, fest, eben. Ich ging vorsichtig weiter. Es konnte eine Mauer sein, diese Reglosigkeit vor mir. Ich streckte einen Arm aus und berührte das rosa Haus.

Man traut es sich nicht zu, glaubt, daß da Mauern sein müssen, ein Dach, Bettzeug, damit man sich ausstrecken kann, und braucht doch all das nicht. Nicht ich oder was von mir geblieben war in diesem Augenblick suchte auf der Terrasse die schmale Nische der Fenstertür mit den geschlossenen Läden, den unmerklichen Duft von einst, den ich vielleicht durch den Spalt des Fensterladens gerochen hätte, wenn ich ein Hund gewesen wäre. Es war – ich weiß nicht recht, ich versuchte nicht mehr, es zu ergründen, es zu wissen – der unerklärliche Tropismus des Fleisches, der mich führte, mich an die hölzerne Türfüllung drückte, duckte. Einen Schritt entfernt, hörte die weiße Decke auf, unter dem vorstehenden Dach. Der Stein unter mir war kalt, aber nicht naß. Ich überließ mich dunklen Wonnen. Ich schlief.

Als das Grau wieder anfing, hielt ich es nicht für beachtenswert. War es doch nur eine unwohnliche Schwelle zwischen den Tiefen des Schlafes und den Räumen, dem neuen Licht, darin wir emportauchen werden. Ich zitterte so stark, daß meine Schläfe gegen das Holz schlug, an dem sie lehnte. Eine ganze Weile dachte ich, daß ich immer noch im Zug führe. Aber die Bilder, die Kommendes vorwegnahmen – den Bahnsteig von Luzech, den düsteren

Himmel, die trügerische kleine Mauer –, wechselten allmählich die Seite, waren dann Erinnerungen und das Grau, die verschneite Nacht, die Vordächer, unter denen der Schlaf uns zurückläßt. Was mich stutzig machte, war vor allem das Draußensein, weil man doch nur drinnen (in einem Zimmer) aus seinen Träumen erwacht. Sie sind zu weit entfernt von den Härten der Außenwelt, den unebenen Wegen, der eisigen Luft, den Eisenbahnen. Man braucht eine Zwischenstation, ein Zimmer, so kahl es auch sei. Mir glückte es trotzdem, alles zu rekonstruieren, bis hin zum rosa Haus, zu meiner Schläfe. Es hätte, schien mir, mehr Festigkeit erlangt mitsamt all dem, was vorher gewesen war (an ein danach dachte ich nicht mehr), wenn ich halblaut vor mich hin gesprochen hätte. Aber meine Lippen bewegten sich von ganz allein, machten das saugende Geräusch und versagten mir jeden Dienst. Ich hatte weder Arme noch Beine, war vollständig in den Teil von mir geflüchtet, der tief in meiner Brust nicht größer war als eine Faust.

Das Grau nahm mich dauerhaft in Besitz. Es hatte farbige Sprünge, leichte Veränderungen ins Grün oder Schwarz, über die ich meine Betrachtungen anstellte. Grau umgab mich, wenn der schneidende Schmerz in meinen Beinen, bis hinauf zu den Knien, mich ganz in Anspruch nahm. Ich fragte mich, ob man mit neunzehn Jahren an der Mauer des rosa Hauses erfrieren könne, ob es dem Grau gelingen würde, das bißchen Rot, das noch in mir war, zu vernichten. Dann suchte ich nach einem Hinweis auf die Uhrzeit. Es hatte ein wassergrünes Zwischenspiel gegeben, barmherzig, und jetzt herrschte Schwarz, durchsetzt mit Myriaden von Sternen. Sie gingen nicht fort, wenn ich mit den Augen zwinkerte. Der Schnee war blau, ich hätte ihn berühren können. Das Zittern, die zerschlagenen Knie störten mich fast nicht mehr. Ich war drinnen, nicht größer als eine Nuß. Ich lebte. Erfolglos versuchte ich, es zu sagen. Jeder neue Versuch fügte seine Dauer der Zeit hinzu, die der vorangegangene und alle vorherigen Versuche verbraucht hatten. Mit derlei Unternehmungen wandert die Dauer durch die Nächte. Zuweilen vergaß ich. Es war schwarz und weiß, und die Zeit stand still. Ich versuchte, die Laute zu bilden: ich lebe. Natürlich gelang es mir nicht. Es gab nur dieses hastige Sauggeräusch. Aber ich versuchte es von neuem, und es wurde später dabei. Ich weiß, daß ich in einem bestimmten Moment geschlafen habe. Die Luft war grün, ihre Temperatur unbestimmt; immer noch war ich darauf bedacht, meine beiden Worte hervorzubringen, doch offenbar verfügte ich nicht über die nötige Kraft. So begnügte ich mich mit der bloßen Vorstellung und war sehr unzufrieden, aber dann merkte ich, daß dies keine Bedeutung hatte. Daß es gleichviel Zeit verbraucht, ob man etwas tut oder dazu absolut nicht imstande ist und sich nur vorstellt, es zu tun. Dann sah ich, es war nicht schwarz, sondern grau, vielmehr bedeckte das Grau nicht das gesamte All. Nur den oberen Teil.

Unablässig muß man seine Wut und seine Torheiten annehmen. Nie wird die Welt das unwandelbare Aussehen haben – sei es auch Winter oder Nacht –, das uns eine Gegenwart ohne Wünsche bescheren könnte. Das Grau hatte einen anderen Ton, weil es nicht allein war. Der Schnee am Boden, die Erde also sah bläulich aus. Der Himmel war es, der sich hinter dem Beben veränderte. Ich erkannte den

Hohlweg, er schien unendlich sacht heranzugleiten, der Hang des Hügels war zum Greifen nah. Durch das monotone Sauggeräusch glaubte ich, ein anhaltendes, verlorenes Vibrieren zu vernehmen.

Ich fluchte. Es war nicht nur die hölzerne Maske, das Saugventil, sondern alles, was ich gewesen war, der ganze unförmige, gegen die Tür gepreßte Haufen, der nicht mehr mitmachte. Ich knurrte auch wieder. Ich befand mich noch in derselben Stellung, jetzt aber im Schnee, auf den Fliesen der Terrasse. An meiner Schläfe spürte ich Stein, nicht mehr Holz. Die Arme machten den Anfang. Die Beine wollten nicht, auch nicht, als ich mit den Armen nachhalf und sehr laut knurrte. Als ich endlich stand, wollten sie immer noch nicht. Der Himmel war nicht richtig grau, sondern bläulich, als wäre die Morgendämmerung aus der Erde hervorgekommen. Am Fuß der Terrasse fiel ich der Länge nach hin. Ich mühte mich von neuem, nun rücklings, auf der Wiese. Am Grund des Hohlwegs ging mir der Schnee fast bis ans Knie, und ich verließ den Weg nicht. Ich mußte nachdenken, mich anstrengen, es zu tun, soweit ich konnte, während meine Beine den Schnee stampften, und ich mußte sie dann aus diesem blinden, nutzlosen Auf und Ab herausreißen, mußte wieder knurren. Schräg zum Weg ging es sich etwas anders. Die Bäume kamen langsam näher. Manchmal war überall Schnee, auch über meinem Kopf. Ich war unten, dann oben, und ein weiterer Baum trat mir schaukelnd entgegen. Ich stieß an mehrere, war wieder unten, als mich unversehens und schmeichlerisch die Lust beschlich, dort zu bleiben wie unter einer Bettdecke, die ich entbehrt hatte. Dann wieder oben, knurrend, beträchtlich vorangekommen, sah ich die Fassade von La Roche, graubraun unter einem tiefblauen Himmel, an dem die Sterne erloschen. Alle Bäume hatten sich entfernt.

Das Haus füllte den Himmel. Der Fensterladen ließ sein blasses Gold durchsickern. Ich wartete. Vielleicht ohne Schrecken jetzt, ohne Erwartung: in einer Art friedlichen Gewißheit. Ich hörte das helle Geräusch des Fensters, das Klicken des Hakens. Die Fensterläden öffneten sich leise. Die Zeit ging nicht sehr schnell. Das Gesicht in der Mitte war dasselbe wie vor fünf – oder fünfzig oder hunderttausend – Jahren, und ich fragte mich, wie ich daran hatte zweifeln können.

Das Fenster, als es sich wieder schloß, hatte dem Südhimmel hinter mir ein Stück Blau genommen. Nun sah es, trotz Schnee und verspätetem Schatten der Nacht, vor mir so aus, als beugte sich die schöne Jahreszeit für einen Augenblick über ihr künftiges Reich.

Ich hatte fast alles vorausgesehen. Als ich mich umwandte, wußte ich auch, daß er da sein würde, einäugig und mit einem Gewehr in der Hand. Aber was ich mir nicht vorgestellt hatte: er kannte meinen Namen. Das heißt, den Namen von Mama, vor ihrer Heirat, also den von Onkel René, Großvater, den anderen. Er sagte langsam: Barthélémy. Er sagte es nicht fragend und schien nicht einmal überrascht, daß ich vor ihm stand, im kristallklaren Morgenlicht.

VIII

Es schneite, aber das war, auf den Tag genau, ein Jahr später. Ich hatte vor Morgengrauen Paris verlassen, zusammen mit Dunoyer. Er war in Limoges ausgestiegen, um nach Guéret weiterzufahren. Ich blieb im Zug. Auf den Knien hielt ich noch immer das Buch, das ich während der Fahrt durch die Beauce, dann die Sologne und das Berry gelesen hatte. Aber nun las ich nicht mehr. Ich sah das kahle Gestrüpp vorbeihuschen, sah die von grauem Wasser überfluteten Hohlwege, und der Himmel darüber war dämmerig, obgleich der Nachmittag gerade erst begann. Es kommt vor, daß man nicht mehr recht weiß, ja zweifelt, ob man wirklich getan hat, was man getan hat. Es ist einem so schwergefallen und man hat so wenig, so schlecht verstanden, was geschah, was im Begriff war zu geschehen, durch uns hindurchzugehen, um dann nicht mehr vor, sondern hinter uns zu liegen und gleichsam zu existieren, daß man sich zum Beispiel vorstellen könnte, man habe es getan, obgleich das überhaupt nicht stimmt, noch nicht Wirklichkeit ist. Daß man mit all seiner Kraft (oder mit der eines Zuges) vorwärtseilt, dem Unternehmen schon voraus, und das einzige Mittel, nicht stehenzubleiben, dann darin besteht, sich von sich selbst zu trennen. Und den hochmütigen, eitlen Teil von sich selbst, der Schlüsse zieht und sich erinnert, in der lauen Luft weit nach vorn zu schicken, ein Jahr voraus, während der Rest, die verzweifelte, elende Hülle, immer noch blindlings der Prüfung entgegenläuft, in der Gegenwart.

Der Zug tauchte schlagartig in die Finsternis eines Unwetters. Die Deckenbeleuchtung ging an, als hätte sich die Winternacht, eben erst vergangen und schon wieder in ungeduldiger Nähe, auf die trostlose Erde gesenkt. Ich klappte endlich das unnötige Buch zu. Mama holte mich am Bahnhof ab. Ich nahm wieder ihren Arm, den ich vier Monate zuvor, Anfang September, losgelassen hatte, und wir gingen nach Hause. Der Schnee blieb mittlerweile liegen, selbst auf den Bürgersteigen und Fahrdämmen. Aber es war wirklich ein Jahr später.

Mama ging noch einmal los, um für Weihnachten einzukaufen. Ich blieb allein, einigermaßen verwirrt, nach einem Herbst, den ich in Paris zugebracht hatte, an der Hochschule. Es läutete: Cousine Margot erschien. Sie kam immer vorbei im Winter und brachte uns Trüffeln, die sie unter kranken Eichen erntete. Antoine war im August gestorben. Zu der Zeit war ich in Deutschland. Ich sagte Margot, was man eben sagt, wenn ein Teil von uns selbst dahingegangen ist. Margot weinte, fast geräuschlos, in ein großes Taschentuch aus Batist. Ich ging Kaffee kochen. Margot fand, daß ich seit dem letzten Mal gewachsen sei. Sie forschte in ihrem Gedächtnis. Das ist bald drei Jahre her, sagte ich, zu Großmutters Beerdigung. Margot trocknete neue Tränen. Ich brachte den Kaffee.

Sie fragte, ob ich Bescheid wisse wegen dem rosa Haus. Ich sagte: ja. Der Schnee wehte vorm Fenster wie ein Vorhang. Ich wiederholte: aber ja. Für Margot war es schwer. Sie hatte dort mit Großvater gespielt. Und auch mit Elise, sagte sie nach einer Pause. Ich fragte, ob sie damals schon so gewesen sei, Tante Lise. Margot nickte energisch mit dem Kopf. Aber freilich, ja doch, sagte sie. Wir mußten alle beide lächeln.

Ich hatte nicht gewußt, daß Margot, bevor sie Antoine heiratete, im Dorf lebte und zum Spielen hinauf ins rosa Haus ging, solange sie im Spielalter war. Daß sie es jemals hat sein können, hatte ich mir ebensowenig vorgestellt, wie daß Tante Lise ursprünglich Elise war, schlicht und einfach, selbst wenn alles an ihr schon das vereinsamte, unnachgiebige Phantom ankündigte, das uns soeben ein kaum verhohlenes Lächeln entlockt hatte. Ganz einfach, sagte Margot: ihre Mutter war die jüngere Schwester von Léon – Großvaters Vater –, und bis zur Heirat sei sie, Margot, jede Woche ins rosa Haus hinaufgegangen. Später sei ihr Onkel (der Vater von Großvater) gestorben, und lange davor hatte er schon diese Krankheit. Margot sagte, für sie sei da noch anderes gewesen: das Land, der Hügel, André, der gefallen war im Krieg, und Großvater, der heimkehrte, aber nicht weitermachen wollte. Dann die letzten Parzellen, die Großvaters Vater noch an Herrn Sénéchal verkaufte oder schon an den Einäugigen. Sie wisse nicht mehr genau, sagte Margot. Ich sagte: warte! langsam! an wen? An Herrn Sénéchal, sagte sie, du weißt doch (es war der Name auf dem Grabstein). Ich sagte nein. Dabei hätte ich es wissen müssen, wissen können, aber ich hatte nicht wirklich Zeit gehabt. Schließlich war das erst ein Jahr her.

Es schneite wieder, draußen, doch war das nicht mehr derselbe Schnee, dieser Gazevorhang, diese große eisige Hand, die mich vernichten wollte. Nur noch in der Erinnerung, denn es hatte seitdem den Frühling gegeben, den stürmischen Sommer, und wir waren, Dunoyer und ich, nach Paris gefahren zur mündlichen Aufnahmeprüfung. Ende Juli kehrten wir zurück, und schon am übernächsten Tag brach ich unter einem Vorwand wieder auf, im Aquamarinlicht der Morgendämmerung. Ich war lange vor Abfahrt des Zuges am Bahnhof. Dann wartete ich in Cahors auf den Anschluß, neun Uhr morgens, in der frischen Sonne. Ich erinnere mich nur noch an ein leichtes, anhaltendes Vibrieren, das vom Vergehen der Zeit kommen mußte, von ihrem reinen Dahinfließen, wenn es nichts mehr zu tun oder auch nur vorauszusehen gibt. Schließlich hielt der kurze Zug an einem leeren Bahnsteig, auf dem einzig und allein ein Schild aus emailliertem Blech stand: Prayssac. Ich hatte die nötige Geistesgegenwart wiedererlangt, um aufzustehen und auf den dicken Türgriff aus Chromstahl zu drücken. Ich stieg aus in das heftige Licht des Causse. Ich hätte mich gern ein wenig gegen die Täuschung gewappnet, die all das sein konnte, und nach Anhaltspunkten gesucht oder dem winzigen Sprung, dem Detail, an dem man im Traum erkennt, daß man träumt. Doch im Schatten einer kugeligen Akazie stand ein großer schwarzer Peugeot 403, und daneben, an der vereinbarten Stelle, sah ich das Gesicht aus dem Buch oder vom Friedhof oder vom Fenster, als der Tag mit meiner Hilfe die Nacht besiegt hatte.

Fragen stellen! Fünf Stunden lang hatte ich keine Zeit gehabt, etwas anderes zu sagen oder zu tun, als mich dessen zu vergewissern – oder es wenigstens zu versuchen –, was man für selbstverständlich hält und was doch nur ein unsicheres Gnadengeschenk ist: die flüchtige Stunde, wenn sie, ausnahmsweise, die ist, von der man nicht glauben kann, daß sie eine Stunde unter anderen sei, und der

Ort, wenn er derjenige ist, den man für verschwunden hielt. Und als es mir für einen kurzen Augenblick doch gelang, war ich verwundert, daß vor mir im funkelnden Julilicht, kaum drei Schritte entfernt, deutlich und geduldig das Gesicht da war und nicht etwa eine Erinnerung, ein Traum oder eine verblaßte Skizze auf einem vergilbten Blatt. Ich habe nichts gefragt. Ich fürchtete, alles könnte sich auflösen, wenn ich dem Augenblick, dem Bild nicht die nötige Zeit ließe, Dauer und ein Gesicht zu werden. Oder es kam mir nicht einmal der Gedanke zu fragen. Vielleicht gibt es Momente und Orte, da die Antwort schon gegeben ist, bevor die Frage gestellt wird. Der Himmel veränderte sich, wurde lavendelblau über dem gelblichen Causse, ich jedoch war immer noch, wie am Vormittag, ungläubig und stumm, darauf bedacht zu verhindern, daß das mir so nahe Gesicht wieder Bild, Traum oder Nichts würde. Der Triebwagen aus Fumel blieb in unserer Höhe stehen, am leeren Bahnsteig. Und der Beweis, daß es sich um einen Abend über dem Causse, um Wirklichkeit handelte, war, daß meine Hand sacht über die kleine Hand strich, die sich langsam hob. Ich kletterte in den Waggon und blickte so lange zurück, bis ich weder das Gesicht noch den schwarzen 403 mehr sah.

Dann fuhr ich nach Deutschland, und anschließend konnten wir uns nicht wiedersehen, nicht in Prayssac noch anderswo, weil wir erst zwanzig waren, und in diesem Alter mußte man, damals, vieles berücksichtigen, was nicht (oder davon man glaubte, daß es nicht) vom eigenen Willen abhing. Es war dann auch sehr schnell September, weil ich den Juli in Paris hatte zubringen müssen, und ich kehrte mit Dunoyer dorthin zurück.

Jetzt also schneite es, ich war nicht klüger als ein Jahr zuvor und wollte auch nicht mehr darüber wissen, nichts erfahren von den Auseinandersetzungen der Früheren mit der Erde und dem Fleisch. Mir genügte jener tiefe Frieden, in den ich vergangenes Jahr eingekehrt war, im Morgengrauen, nach dem Schnee.

Ich sagte nein. Darauf Margot: ach, du weißt nicht? Und wieder ich: nein. Draußen glitten Autos vorbei mit ihrem verhaltenen Surren auf verschneiter Straße. Margot sagte, daß der Einäugige wohl 1927 oder 1928 gekommen sei. Zu der Zeit lebte niemand mehr auf La Roche. Als letzter war Herr Sénéchal gegangen. Seine Tochter, du weißt – ich sagte: ja –, seine Tochter war im Kindbett gestorben und der Schwiegersohn zwei Jahre später, 1922 oder 1923, an der spanischen Grippe. Ein Notar aus Fumel hatte das Anwesen gekauft, das Haus und die Obstgärten, aber er kümmerte sich nicht darum. Damals fehlte es noch an Arbeitskräften. Das kleine Mädchen kam in die Fürsorge.

Eines Tages hörte man eine Axt auf dem Hügel. Man sah ihn, den Einäugigen, wie er tote Bäume fällte und die anderen ausschnitt. Niemand hatte von irgend etwas Wind bekommen, bis er da war und man seine regelmäßigen Axthiebe hörte von dem Augenblick an, in dem es gerade hell genug war, um einen Baumstamm von der Dunkelheit ringsum unterscheiden zu können, bis zu dem Augenblick, in dem sie wieder miteinander verschmolzen. Der Schmiedelehrling aus dem Dorf kannte ihn ein bißchen. Nicht direkt. Er war sechzehn oder siebzehn und der Einäugige gut doppelt so alt. Aber er, der Lehrling, stammte aus dem Flecken, den der Einäugige zwanzig Jahre zuvor verlassen hatte, um auf La Roche in der Obsternte zu arbeiten, ein- oder zweimal, worauf er in die Landes gegangen war, um Kiefern zu fällen. Dort hatte eine umstürzende Kiefer ihm ein Auge ausgebohrt. Niemand erinnerte sich an ihn, ebensowenig wie an die anderen Tagelöhner, die sich auf La Roche zur Pflaumenernte oder zur Weinlese verdingten. Obgleich man, mit ein wenig Nachdenken, schon auf ihn hätte kommen können, bei seinem Aussehen. Margot sagte, nach einer Pause: der arme Kerl. An einem Herbstmorgen verschwand er und war sicher noch nicht am Fuß des Hügels angelangt (auf der anderen Seite, nach Lavercantière zu), als man ihn schon vergessen hatte. Doch er hatte nicht vergessen, da er ja zwanzig Jahre später wiederkam, mit demselben Gesicht – der arme Kerl – und genügend Geld, um La Roche zu kaufen und das umliegende Land und später noch die Parzellen, die Großvaters Vater ihm abtrat. Ich sagte: ja.

Im zweiten Jahr konnte er ernten. Er hatte ein Gewehr. Man hörte, wie er auf die Vögel schoß. Ich sagte, daß wüßte ich, denn ich hätte welche gefunden. Margot sagte: ja. Und fügte hinzu, daß er gleich nach der ersten Ernte durchs Dorf gegangen sei mit der Enkelin von Herrn Sénéchal, also der Tochter der verstorbenen Tochter. Die Kleine sah mit ihren sieben oder acht Jahren der Mutter schon dermaßen ähnlich, daß alle, die sie gesehen hatten, an eine Augentäuschung glaubten. Sie trug noch diese blaue Uniform, die die Kinder von der Fürsorge bekommen. Der Einäugige hielt das Mädchen an der Hand. Sie müssen von der Bahn, aus Prayssac, gekommen sein. Er, er hatte nie mit irgend jemandem gesprochen, und von da an tat er es erst recht nicht, so als gäbe es niemanden auf der Welt außer dem kleinen Mädchen.

Danach hatte sie, Margot, Antoine geheiratet. Sie zog ihr Taschentuch und schniefte in die Stille des Schnees, der die Stadt bedeckte. Man macht sich nicht klar, in der Stadt, daß man ein Dach über dem Kopf hat. Margot schniefte noch ein-, zweimal. Ich schenkte ihr Kaffee nach.

Von da an schweifte sie immer weiter in die Vergangenheit. Der Urgroßvater war gestorben, die Urgroßmutter auch. Elise blieb allein zurück im rosa Haus, und das schnitt ihr, Margot, ins Herz, dieses leere Haus, das sie immer nur bewohnt gekannt hatte. Mit gedämpfter Stimme, wie beiseite, sagte sie dann, Elise hätte schon einen eigenen Charakter gehabt. Und daß es ihr ins Herz schneide. Wir saßen reglos, stumm, als geisterten die heraufbeschworenen und schlecht gelöschten, nicht besänftigten Bilder durch das dunkle Eßzimmer, während hinter den Scheiben der furchtbare Vorhang aus Schnee wehte. Ich stand auf, um Licht zu machen, und es gab nur noch Tante Margot und mich.

Als sie wieder zu sprechen anfing, zögerte ich. Sie sagte mit geheimnisvoller Miene, es habe diese Geschichte gegeben mit meinem Onkel, und der Krieg sei ausgebrochen. Ich dachte: mein Großonkel, das bräunliche Bild, André. Aber ich sagte nichts. Auch Großmutter hatte zum Schluß Personen und Zeiten verwechselt und mich René genannt. Ich sagte: ja. Margot auch. Ja, also nach dem Krieg habe sie einen Kunstmaler geheiratet. Der arme René (André, dachte ich) sei nicht ins rosa Haus zurückgekommen, und sie habe ja annehmen müssen (wie alle angenommen hatten), daß er nicht mehr – Margot ließ den Satz unvollendet, die Stimme erhoben, als wäre nicht das letzte Wort gesprochen, wenn man aufhört zu sein. Ich nickte, sie setzte hinzu: derselbe war, und ließ die Stimme sinken.

Ich hatte gedacht: lebte, bevor sie sagte: derselbe war. Und sogar später noch, als ich endlich anfing zu verstehen, war das bräunliche, undeutliche Bild, das ich gleichsam vor Augen hatte, während ich Margot zuhörte, nicht verschwunden. Es schien mir, in verschwommenen Umrissen, fortzudauern unter dem neu entstehenden Bild von Onkel René. Ich sagte: du meinst René. Und Margot: ja. Deinen Onkel. Die beiden Bilder lagen schließlich übereinander. Jetzt dachte ich René, selbst wenn ich dabei noch das Gesicht von André, zumindest sein Abbild sah. Zwei Monate schwebte er (René) zwischen Leben und Tod, versteckt in einem Keller in Souillac. Sie hielten ihn für tot. Großmutter ging es furchtbar schlecht. Erst Ende August erfuhren sie, daß sie ihn besuchen konnten. Der Südwesten war befreit. Man hatte René ins Krankenhaus gebracht, nach Toulouse, wo er fast ein Jahr blieb, bevor er zu gehen anfing. Dort unten nahm er auch sein Ingenieurstudium wieder auf. Margot sagte, sie hätten schwere Zeiten durchgemacht. Der Krieg war zu Ende, als auf La Roche Hochzeit gefeiert wurde. Ich fragte: und Onkel René? Sie hob die Brauen zum Zeichen des Nichtwissens. Sie konnte sich an nichts Genaues erinnern. Sie forschte einen Augenblick nach, offensichtlich erfolglos. Sie sagte: du weißt, wie er ist.

Nun war es Onkel René, an den ich dachte, dessen Gesicht ich mir vorstellte. Das Gesicht, das er machte, wenn er aufstehen mußte, die undurchdringliche Maske, hinter der er ein Vierteljahrhundert lang die Schmerzen seiner zertrümmerten Hüfte verbarg und all die anderen auch, die ich nicht kannte. Ich sagte, ich wisse es nicht. Im grünlichen Halbschatten draußen fiel der Schnee. Ich war draußen gewesen und hatte gegen den Schnee gekämpft. Aber das war im Jahr zuvor, und jetzt befand ich mich drinnen.

Margot war schon weiter, das heißt näher an uns, an das Jetzt gekommen.

Man habe es nie genau erfahren. Schwer zu sagen. Es war im Jahr nach meiner Geburt. Der Dorfkrämer hatte ihn – den Einäugigen – vor Tagesanbruch gesehen. Er rannte vorbei. Und zwei, drei Tage später sah man ihn zurückkommen, auf der Straße von Prayssac. Er preßte ein weißes Bündel an sich. Immer noch sprach er mit niemandem, dabei war es über zwanzig Jahre her, daß er La Roche gekauft hatte und die Tochter jener Frau heimbrachte, die er zwanzig Jahre davor gesehen hatte und die gestorben war, als sie ihre Tochter zur Welt brachte. Und in dem weißen Bündel trug er die Tochter dieser Tochter heim, die ihrerseits Frau geworden und gestorben war, im gleichen Alter wie ihre Mutter. Er ging durch das Dorf, als existierte es nicht, als gäbe es die Leute nicht, die nach Hause zurückkehrten oder vor der Tür frische Luft schöpften. Es war genau dasselbe Gesicht wie beim letzten Mal, als er die Mutter mitgebracht hatte, nur war sein Haar jetzt weiß.

Man ahnte, das Schlimmes geschehen war. Fonfroide, der Kraftfahrer, der zweimal in der Woche mit Obst oder Nußbaumholz nach Paris fuhr, hatte es in Erfahrung gebracht. Sie hatten alle beide, der Kunstmaler und seine Frau, Selbstmord begangen. Oder der Maler hatte seine Frau und dann sich selbst getötet, weil er nicht so malen konnte, wie er es wollte. Wieder hob Margot, nun gleichzeitig, Augenbrauen und Schultern zum Zeichen ihres Unverständnisses. Dann umschloß uns die Stille des Schnees. Ich sah zu dem beweglichen Schatten hin, der am Fenster klebte. Mama war draußen, und ich machte mir Sorgen.

Margot sagte, sie langweile mich gewiß mit ihren Geschichten. Nein, überhaupt nicht, sagte ich. Und sie: das war zu meiner Zeit. Und sie frage sich nun, ob er sich nicht im Grunde genau das gewünscht habe, ob es nicht ihm, dem Einäugigen, letzten Endes wieder zurückgebracht, was er verloren hatte. Denn worum es ihm ging, war nicht, überall Bäume zu pflanzen und die Obstplantagen auszudehnen, sondern das kleine Mädchen bei sich zu haben, das seiner Mutter, das heißt der Mutter seiner Mutter, so ähnlich sah. Eben deshalb stand er mit diesem Gesicht, diesem Aussehen – ich sagte: ja – eines schönen Morgens vor Legrand, dem Gemeindesekretär, und fragte, was zu tun sei, um den Vornamen des Kindes zu ändern. Margot verbesserte sich: ah, ja! zunächst, am ersten oder zweiten Tag nach seiner Rückkehr aus Paris mit dem Wäschebündel, hatte er Legrand aufgesucht, damit die Kleine seinen, also denselben Nachnamen bekam, den ihre Mutter nach der Adoption getragen hatte. Und nun, vielleicht sechs Monate später, wollte er den Vornamen ändern, irgendeinen damals modernen (mehr wußte Margot nicht), den der Vater, der Kunstmaler, dem Kind gegeben hatte anstelle des Namens der Mutter, der schon der Name der Großmutter gewesen war, weil sie ja bei der Entbindung gestorben war und der Vater, der mit der spanischen Grippe... Margot unterbrach sich und fragte, ob mich das denn... Ich sagte: ja. Sie fuhr fort: und der Vater also gemeint hatte, durch diesen Namen wäre es ein wenig so, als wäre seine Frau nicht wirklich tot. Das machte man so, damals.

Sie wußte nicht mehr, wo sie stehengeblieben war. Beim Gemeindeamt, sagte ich. Richtig, sagte sie. Man sah ihn (wenn er nach Cahors fuhr, um Sulfat zu holen) in einem großen Auto, das er sich angeschafft hatte, und neben ihm das kleine Mädchen, das genauso aussah wie seine Mutter, das war in der Nachkriegszeit – du warst gerade geboren –, und alles hatte sich so verändert. Margot sagte: ja freilich, sie muß jetzt ungefähr so alt sein wie du. Ich sagte: ja.

Die Schneenacht draußen glich einem angehaltenen Tagesanbruch. Die Tür ging auf, ich sah Mama beladen mit Paketen, sie hatte von der Kälte gerötete Wangen. Margot weinte wieder, als sie mit Mama von Antoine sprach, und sagte, weil Mama ihr vorwarf, sich nicht angekündigt zu haben, daß wir über das rosa Haus, über früher, über alles gesprochen hätten.

Der Schnee blieb nicht liegen. Am Weihnachtsabend war er von der Straße und bis auf Reste auch von den Dächern verschwunden, und am Ende der Nacht schien die Luft mild nach all den rauhen Tagen. Aber wahrscheinlich achtete ich nicht darauf, ebensowenig wie auf den Tagesanbruch über dem wiedergekehrten Causse. Bis zuletzt wollte es mir nicht gelingen, mir vorzustellen, daß es ein zweites Mal geben könnte. Ich zweifelte ja am ersten. In Cahors hatte ich Aufenthalt. Ich zögerte sogar, den Anschlußzug zu nehmen. Mit dem anbrechenden Tag und der kalten, traurigen Klarheit, die ihn begleitete, war ich der unglücklichste Mensch auf dieser Erde. Im Triebwagen blieb ich stehen, nahe der Tür, und klammerte mich an die Stange aus Chromstahl. Der kleine Zug bölkte und rüttelte. Ich war schon über die Erwartung hinaus, als mit einem Schlag das Schild auftauchte – Prayssac – und das schwarze Auto, das neben der entblätterten Akazie stand. Das Gesicht war mir genau gegenüber, als ich aus dem Waggon sprang, und es war, unter der kleinen Pelzmütze, ganz dasselbe geblieben durch die Jahreszeiten hindurch, als gäbe es nur die Jahreszeiten, die ruhige Rotation des Himmels, und nicht dieses Brausen eines Wasserfalls, das wirre Getöse, in das wir hinabstürzen.

Ich hatte vor, ihr zu sagen, sie zu fragen ... Ich wollte versuchen, ihr zu erklären... Ich setzte darauf, daß sie vielleicht akzeptieren würde, so schlecht ich mich auch erklärte, da sie ja schon bereit gewesen war, mich auf diesem verlorenen Bahnsteig im Causse zu erwarten.

Ich wußte nicht, ob sie wußte, ob man ihr gesagt, ob sie erfahren hatte. Ich nahm es an, allein im Vertrauen auf jenes Grab, das sie mit Blumen schmückte an dem Tag, als wir Tante Lise beerdigten, und dessen Stein nicht ihren Namen trug.

Ich wollte sagen, daß die anderen, früher, nicht die Zeit gehabt hatten. Das haben wir geglaubt, weil wir Kinder waren und weil es da genügte zu warten, zu wollen und sich nicht mehr zu rühren, bis man alles bekam. Oder weil man erst hinterher, wenn man schon beschenkt worden war, entdeckte, daß man gewollt und gewartet hatte in dem, was noch nicht das unwiderrufliche Dahinfließen, der schrille Ton war, den man schließlich doch vernimmt – die Zeit. Sondern eine ruhige Weite voller Vögel, Sonne, Schatten und nochmals Sonne. Denn die anderen (die vor uns waren) hatten uns noch nicht gesagt. Man bildete sich ein, daß sie immer schon gewesen waren, was sie waren.

Daß sie genau das gewesen sein müssen: Mama, Tante Lise, Onkel René und auch die Bilder an der Wand, die unbewegten Gesichter in der Dämmerung eines endlosen Spätherbstes. Und selbst wenn sie uns schließlich sagten, waren das stets nur Worte, ein Lufthauch oder lediglich die Erzählung einer Erzählung, das schwache Echo der Worte, die ein Unbekannter, ein Überlebender Jahrzehnte zuvor gemurmelt hatte im rötlichen Halbdunkel des Vorraums.

Erst viel später, mit zwanzig, begann man zu begreifen: daß es damals schon war wie jetzt, daß sie voller Drängen und Bangen handelten, unter dem heftigen Licht von Sommern ähnlich dem Sommer, der unversehrt, glorreich und brennend heiß wiedererstehen würde aus dem Winter, in dem wir langsam Seite an Seite gingen, dicht beieinander. Was sie waren und was sie darüber sagten, trug bei zu der Illusion, die man von Anfang an hegte, seit man fähig war, sich etwas vorzustellen, Illusionen zu haben und zu glauben, daß es ganz anders – schicksalhaft, evident, leicht – gewesen, wo es doch ganz ähnlich war. Sie hatten der Zeit, dem feindseligen Boden getrotzt und den unbekannten Gefahren, die die Zeit (die ihre) ihnen bereitet hatte. Und was sie wurden (Tante Lise, Großonkel André, die anderen) war nicht unbedingt das, was sie erträumt, gewollt hatten – leben, einen Hügel hinaufsteigen, Weisheit oder das Ende der Geschichte, eine Gegenwart ohne Bedürfnisse finden. Es ist etwas ganz anderes, beinah das Gegenteil daraus geworden, denn sie waren verstümmelt, unglücklich, tot, also was niemand sich jemals zu sein oder zu bleiben wünscht.

Wir gingen langsam die schmale Straße entlang, im

spärlichen Licht. Ich hörte meine Stimme, das winzige, unbestimmte Vibrieren im Schweigen des Winters über dem Causse. Manchmal drehte ich ein wenig den Kopf und sah in das Gesicht neben mir, unter der kleinen Pelzmütze, aber nicht zu sehr, nicht lange. Es hätte immer noch verschwinden, erlöschen können, schien mir, wie die Traumbilder, die Erinnerungen, und nichts wäre mehr dagewesen. Wir gingen denselben Weg zurück zur Bahnstation. Ich sagte, ich wiederholte, daß es (früher) so wie jetzt war und daß dieses Jetzt eines Tages ein ähnlich verblaßtes Bild sein würde, selbst wenn ich das nicht akzeptieren, es mir nicht vorstellen könnte. Denn für mich würden bis zum Schluß dieser Augenblick und alle weiteren (wenn weitere ihm folgten, wenn sie damit einverstanden wäre) das Erzittern, den klaren, vibrierenden Umriß dessen behalten, was wir einmal der Zeit und der hinter dem beweglichen Vorhang verborgenen Weite entrissen haben.

Aber die anderen nach uns – die nicht wußten, die noch nicht existierten – würden uns (wenn sie nur wollte) zweifellos so sehen, wie wir in gewisser Weise waren, sein sollten, beieinander also, als wäre, noch bevor wir es wußten, bevor wir existierten, irgendwo gesagt, geschrieben worden, daß wir zusammen sein würden und nichts als das.

Der Triebwagen glitt aus der Stille hervor. Bis er mich mitnahm, sah ich in das Gesicht, weil ich wußte, es würde, sobald es verschwand, wieder so sein, als wäre es nicht wirklich gewesen.

IX

Das ganze nächste Jahr verbrachte ich in Deutschland, die beiden folgenden wiederum in Paris. Ich hatte schließlich doch die Kartons geleert, deren Papiere und Bücher die einzige Hinterlassenschaft des Großonkels darstellten. Ich fand dabei weitere Zeichnungen, zumeist eilige, unvollendete Skizzen, hingeworfen wie in Erinnerung an ein kurz aufleuchtendes Bild, einige aber auch, die ausgereifter waren und von solcher Deutlichkeit, daß ich an dem wirklichen Gesicht hätte zweifeln können, das in der Luft, im Licht aufgehoben blieb, sich dort hin und wieder materialisierte. Nichts wiederholt sich tatsächlich, und wir täuschen uns, träumen gewiß, wenn es uns scheint, als bliebe das, was gewesen ist, unversehrt, unverändert erhalten.

Ich mußte bis Ende Juli in Paris bleiben, wegen der Prüfungen. Es herrschte drückende Hitze, die sich beinah jeden Tag in Gewittern entlud. Dunoyer und ich gingen hinunter zu einem kleinen Spaziergang unter den Bäumen, auf Straßen, die in der frischeren Abendluft trockneten. Dunoyer wollte sich um eine Stelle im Departement Creuse bewerben. Ich sagte ihm, daß ich im August, wenn wir alles hinter uns hätten, heiraten würde. Am nächsten Morgen ging ich zeitig einkaufen. Die Mensa hatte seit Monatsbeginn den Betrieb eingestellt. Wir mußten dennoch von Zeit zu Zeit essen.

Als ich mit Brot und Konserven, unserer üblichen Nahrung, zurückkehrte, fand ich das Telegramm. Ich hatte eine Prüfung am Nachmittag und noch eine, die letzte, am übernächsten Tag.

Ich verließ Paris im Frühnebel. Jenseits der Loire war Sommer, ein reiner Himmel über üppigen Wäldern und blendenden Erntefeldern, etwas, das man vergißt, wenn man in Paris, eingeschlossen in seinem Zimmer, das Leben damit zubringt, eine fremde Sprache zu studieren. Es gab sie noch, die Täler voller Grün, die Wiesen, das Blau der Flüsse unter den Brücken. Heugeruch drang durch die heruntergelassenen Zugfenster. Ich sah hinaus. Es war Nachmittag, als wir in den weißen Glanz des Causse hineinfuhren. In Cahors stieg ich um. Der Triebwagen ließ Luzech hinter sich und Prayssac. Ich stieg in Puy-l'Evêque aus. Von Paris aus hatte ich am Vortag ein Taxi dorthin bestellt. Die Hitze hatte die Straßen leergefegt. So war ich wieder im Causse, diesem Kalkgehäuse der Erde unter einem blendenden Himmel. Im Vorbeifahren konnte ich das Dach des rosa Hauses ahnen, bevor das Taxi in den steinigen Weg einbog, der durch die Obstplantagen bergan führt. Zum zweiten Mal kam ich nach La Roche, jetzt aber am Tag, im Sommer, statt bei Schnee und Nacht. Ich kam die Straße entlang, der Einäugige würde meinen unruhigen, bedrohten Schatten am Rand der Obstgärten diesmal nicht entdecken. Der Einäugige war tot.

Das Taxi setzte mich auf der anderen Seite ab, auf einem freien Platz, von dem man weit über den Causse sehen konnte, in Richtung Cazals und Lavercantière. Die Hänge voller Obstbäume, die kahlen Terrassen flimmerten in der weißen Luft. Das Taxi entfernte sich. Die Hitze drückte, als brauchte sie das bißchen Raum, das ich einnahm, unbedingt für sich, als dürfte sie erst nachlassen, wenn sie mich vertrieben, aufgelöst hätte. Beide Flügel des großen Portals standen offen. Eine Lindenallee führte zum Wohnhaus. Vielleicht ist man immer ein Landstreicher, ein Eindringling. Ich zögerte vor der Hauswand mit den geschlossenen Fensterläden, in der sengenden Hitze, die wie eine Mauer war, wie der Schnee, der mich beim ersten Mal auszulöschen, zu verschütten getrachtet hatte. Insekten und Vögel schwiegen. Die Stille war wie eine Flamme, wie das ferne Rauschen des Meeres. Ich tat einen Schritt vorwärts. Die Tür in der Mitte des Hauses öffnete sich. Ich sah nichts, nur ein Stück Schatten im blendenden Licht. Ich ging weiter. Ich war fast an der Tür, als ich das verstörte, tränenüberströmte Gesicht sah, und im Schatten nahm ich es zwischen meine Hände und zog es an mich.

Ich wollte den Leichnam nicht sehen. Ich wußte, daß der Einäugige mich nicht hätte sehen wollen, wäre er noch imstande gewesen, etwas zu sehen und zu wollen. Wir blieben in dem Flur aus einer anderen Zeit, mit seiner Täfelung aus schwärzlichem Eichenholz, seinem abgeblätterten Anstrich, dem aufdringlichen Geruch nach angestauter, eingeschlossener Zeit. Ich fühlte die stillen Tränen auf meinen Händen und auch die stumme Mißbilligung der reglosen Luft, des Halbschattens, der gesamten altertümlichen Wohnstatt, die ich betreten hatte.

Die Tränen flossen nicht mehr. Ich fühlte nur noch ganz schwach das Gesicht zwischen meinen Händen. Vielleicht ließ die stumme Feindseligkeit der Mauern, der Dinge ein wenig nach. Ich hörte die kraftlose Stimme, das gedämpfte Gemurmel an meiner Schulter. Man hatte ihn sitzend gefunden, an einen Baum gelehnt, unweit der Straße. Die Polizisten hatten gesagt, daß man niemals ein geladenes Gewehr mit dem Lauf zu sich heranziehen darf. Die geringste Kleinigkeit, ein Ästchen, eine Erschütterung, und der Schuß geht los. Von neuem fühlte ich die Tränen an meinen Handflächen und die stumme Mißbilligung der dicken Mauern, die die Hitze von draußen, das heftige Julilicht fernhielten.

Sie sagte, daß er nicht ihr Vater gewesen sei, und ich, daß ich es wüßte. Er habe ihre Mutter großgezogen, nachdem die Großeltern ... Ja, sagte ich, auch das weiß ich. Sie verstummte. Ich scheute mich, noch anderes zu sagen, das Schweigen des Hauses zu stören. Schließlich trat sie etwas zurück, so daß ich ihr Gesicht sehen konnte, ihre Augen, die im Halbschatten glänzten.

Wir rührten uns nicht, als das Taxi vor dem Portal hupte. Es war erst kurz nach fünf, draußen, in der Brandung von Zeit und Licht, während es drinnen endlos dieselbe Stunde hätte sein können, die Zeit war stehengeblieben und wir mit ihr, gleich den Bildern verflossener Tage. Ich streichelte sacht das nahe Gesicht. Wieder stieß der große Mercedes seinen kurzen, gedämpften Ruf aus. Das Licht war, selbst gegen Ende des Nachmittags, immer noch weiß, metallisch. Der Chauffeur jagte durch die engen, von trockenem Gestein gesäumten Wege und setzte mich in Luzech ab, wenige Sekunden bevor der Triebwagen am Bahnsteig hielt. Als ich spät in der Nacht ankam, entlud sich ein Gewitter über Paris.

Am nächsten Morgen ließ ich das letzte Examen über mich ergehen, ohne recht zu wissen, was ich meinen vier Prüfern, auf deutsch, über die *Stahlgewitter* erzählte. Ich hätte ebensogut schweigen können, wieder die Stille uns umschließen lassen, die vier hinter ihrem Tisch voller Papiere und Bücher, mit ihren trüben Gesichtern, und mich am anderen Ende des großen leeren Unterrichtsraums, mit dem Buch von Jünger unter der linken Hand und einem Blatt vor mir, auf dem ich ein paar Stichpunkte notiert hatte. Übrigens verlor ich ein-, zweimal den Faden, schwieg und hörte, wie die Stille den Raum erfüllte. Nichts wünschte ich mir so sehr wie Schweigen, denn der Einäugige war tot, und es war meine Schuld. Zumindest war ich es, den die Zeit, das Schicksal ausgesucht hatten, ihm den einzigen Grund seiner Existenz zu rauben, das Gesicht, das er auf den Hügel zurückgebracht hatte, wo sein Bild zweimal schon im wechselnden Licht der raschen Jahreszeiten aufgetaucht war. Dann schrak ich zusammen und gewahrte die Stille, die mürrischen Mienen, hörte meine Stimme, die tonlos wie die eines Fremden auf deutsch von den Franzosen sprach, die in der Dunkelheit an ihrem glänzenden Lederzeug zu erkennen waren und deren Leichen nach dem Angriff das Feld übersäten. Man stellte mir keine Fragen. Ich hätte nicht die Kraft gefunden zu antworten. Die letzten Worte, die ich hervorbrachte, waren dem Schweigen abgetrotzt und dem mitunter in uns aufsteigenden Verlangen, sich endlich nicht mehr zu rühren, nicht mehr zu sprechen, die Augen zu schließen.

Etwas später gesellte sich Dunoyer zu mir. Er hatte die Übersetzung aus dem Griechischen hinter sich, und wir leisteten uns ein Essen, das diesen Namen verdiente, eine warme Mahlzeit mit Nachtisch, in einem kleinen Restaurant ganz in der Nähe. Dunoyer fand, es sei eine Wohltat zu essen. Wir ließen uns Zeit. Die mündlichen Prüfungen waren geschafft. Über Paris braute sich ein Gewitter zusammen. Die Kellnerin mußte die Lampen anzünden, so dunkel war es. Dunoyer gestand mir, daß er nie mit dem Wetter, das hier herrschte, zurechtgekommen sei. Den Blick ins Leere gerichtet, setzte er hinzu, Griechisch und Latein zu büffeln habe er auf sich genommen nur mit dem Ziel, wieder nach Hause zurückzukehren, in aller Seelenruhe. Ich schüttelte den Kopf, als er mich fragte, wann ich denn das zarte Band der Ehe zu knüpfen gedenke. Er sagte: komm schon. Aber ich hatte noch immer keine Lust zu sprechen. Es hätte zu weit geführt. Ich war traurig. Ich bewegte zwei-, dreimal die Hand. Er sagte noch: sie hat es sich wohl anders überlegt. Ich schüttelte den Kopf. Schon gut, sagte er. Der Donner klang ganz nah, ohne daß wir den Blitz gesehen hatten. Stumm, erschöpft warteten wir, bis der mit Hagel vermischte Guß vorüber war, und gingen dann nach Hause. Wir nahmen den Abendzug und trennten uns in Limoges.

Der Herbst kam rasch. Dafür war der Spätherbst sehr klar und mild, fast konnte man vergessen, daß einmal mehr die trüben, entlaubten Tage bevorstanden. Am Tag vor Allerheiligen kehrte ich aus Paris zurück. Ich mußte mich nicht beeilen. Keine Ausschreibungen, keine Prüfungen mehr. Ich hatte ein Auto gekauft. Ich fuhr langsamer, als die Straße nicht mehr durch Ackerland führte, sondern in verfärbte Wälder hinein. Am Nachmittag kam ich zu Hause an. Mama war da. Papa ging es nicht gut.

Über Nacht änderte sich der Himmel. Mit einem Mal war Winter.

Mama hatte Blumen gekauft. Als ich sie frühmorgens im Auto verstaute, war es so kalt, so grau, daß ich mich dabei ertappte, gegen die Jahreszeit, das Wetter zu rebellieren. Noch lange, nachdem die ersten Blöcke des Causse aufgetaucht waren, hoffte ich, der dichte, ganz nahe Schleier werde vor dem zarten Herbstlicht zergehen. Aber als ich, schon nahe vom rosa Haus, zum Friedhof abbog, war die Natur immer noch auf fünfzig Schritt im Umkreis verhängt und die Kälte durchdringend. Niemand begleitete mich. Mama wollte Papa nicht allein lassen. Ich holte die Blumen aus dem Kofferraum. Auf dem Friedhof war es nicht anders als ringsum, und doch erinnerten gerade hier die Gräber mit ihren frischen Blumen daran, daß es das Leben gab und mit ihm Farbe, Licht, Zuversicht. Ich legte meine Chrysanthemen an der dicken Grabplatte ab, unter der diejenigen ruhten, die ich gekannt hatte, aber auch die Bilder und die nur vom Hören vertrauten Namen ohne Gesicht.

Als ich den Kopf hob, stand Catherine da. Ich sah ihr Gesicht an genau derselben Stelle wie vor zehn Jahren bei der Beerdigung von Tante Lise, als gäbe es nicht nur Momente, sondern auch Orte, immer dieselben – Stoppelfelder, Hügel, Grabsteine mit erloschenem Namen –, wo wir über Jahreszeiten, über Jahrhunderte hinweg unweigerlich auf das treffen, was uns seit je bestimmt ist. Zum ersten Mal hatte ich das Gefühl, ich könnte auf sie zugehen, ohne daß das, was ich sah, ihr Gesicht und alles andere ringsum, die Kreuze vor dem grauen Himmel, die leuchtenden Farbtupfer der Blumen, sich augenblicklich in Nichts auflösen müßte. Doch ich rührte mich nicht von der Stelle. Catherine verschwand. Ich sah sie ein gutes Stück weiter, am Ende des Friedhofs, vor einem frischen Grab ohne Kreuz, nur mit einem wuchtigen, schwarzweiß gesprenkelten Granitstein, an dem sie einen Strauß scharlachroter Rosen niederlegte. Gemeinsam verließen wir den Friedhof. Ich sah kurz zum Himmel, zu jener trüben, eisigen Schicht, die den Causse, den Hügel in der Ferne verdeckte. Wir gingen die Straße entlang, aber machten kehrt, bevor wir den Abzweig zum rosa Haus erreichten.

Catherine war es, die mir sagte ... Ich erwiderte, daß ich unbegrenzt warten könne, schon zufrieden damit, daß es sie gibt. Sie hob die Augen. Sie waren noch voller Tränen. Wir gingen weiter die Straße auf und ab, fröstelnd in der rauhen Luft. Autos voller Blumen fuhren an uns vorbei und zogen den weißen Schweif ihrer Abgase hinter sich her.

Ich begleitete Catherine zu ihrem altertümlichen schwarzen Peugeot. Ich strich mit der Hand über ihre Stirn unter der kleinen Pelzmütze, über ihre feuchten Lippen. Sie saß schon am Steuer, als sie in ihre Handtasche griff und mir den Schlüssel des rosa Hauses reichte.

Wir brachen zeitig auf, im Dezember, noch bei tiefer Dunkelheit. Papa hatte sich wieder erholt. Es war nicht sehr kalt. Als es Tag wurde über dem Causse, war der malvenfarbene Himmel flach und ruhig. Fast waren wir schon am Ziel. Ich saß am Steuer. Mama neben mir machte dann und wann auf einen kahlen, einsamen Baum aufmerksam, ein verloren wirkendes Haus am Grund einer Senke – seit je die Zeichen der nahen Ankunft. Doch Mamas Stimme klang, als handelte es sich um einen beliebigen Baum, ein beliebiges abgeschiedenes Gehöft. Papa, hinter uns, blieb stumm. Ich schaltete die Scheinwerfer aus, als wir durch das noch menschenleere Dorf kamen, und fuhr dann zwischen den Mäuerchen entlang, am Friedhof vorbei, sah plötzlich den Hügel und die nackten Obstbäume. Ich bog links ein, im ersten Gang den schmalen Weg hinauf. Ich weiß nicht recht, was ich erwartete: eine leere Stelle, einen undeutlich umrissenen Schatten. Ich bin sicher, daß auch Mama sich etwas in dieser Art vorstellte, nicht aber das Dach aus runden Ziegeln, die Hauswand, die Treppe, die vor unseren Augen auftauchten, als entstünden sie nach und nach aus jener Leere, jenem Schatten, die es dort vorher vielleicht gegeben hat. Ich stellte den Motor ab, und dichte, unversehrte Stille umhüllte uns. Schließlich begriff ich, daß Mama darauf wartete, daß ich als erster ausstiege.

Langsam ging ich die Stufen hoch. Ich schloß auf und trat ein. Drinnen war es anders und doch wie immer. Derselbe Geruch, diese fast greifbare Absonderung der Zeit von einst, des ersten Males und all der anderen, aber meine Schritte fanden ein ungewohntes Echo in der Leere des Vorraums und des großen Zimmers. In einer Ecke standen die Messingvasen, die einmal Geschoßhülsen waren, und leuchteten schwach im Halbschatten. Ich öffnete überall die Fensterläden, es ging schwer. Die Feuchtigkeit hatte das Holz aufgetrieben, besonders an der Nordseite, hinter dem Haus, wohin ich mich, fünf Jahre war es her, vor dem Schnee geflüchtet hatte. Mama stand sprachlos am Eingang des großen Zimmers. Ich trat zu ihr, wie früher, wenn die beständige Ordnung der Tage und Dinge unversehens eine Störung erlitt und ich Mamas Hand brauchte, sie halten mußte, bis alles weiterging wie zuvor, weil sie ja da war und ich ihre Hand hielt.

Papa lief vor der Treppe auf und ab, im toten Gras des vernichteten Sommers. Das neue Jackett und die Krawatte, die ich zur Feier des Tages anhatte, tat ich ins Auto.

Dann holte ich Holz vom Stapel neben der Zisterne und machte Feuer im großen Zimmer, um die Feuchtigkeit zu vertreiben und den zähen Schimmelgeruch, der den Duft von einst beinah verschluckte. Immerhin gelang es mir, das Haus mit Rauch zu füllen. Ich mußte ins Freie treten, um Luft zu holen. Marthe und Vetter Robert stiegen die Treppe hoch, als wären auch sie darauf gefaßt gewesen, sie nicht mehr vorzufinden oder an ihrem oberen Ende ins Leere zu treten. Mir brannten die Augen. Ich beugte mich herab, um Marthe zu umarmen und Robert. Er umklammerte meinen Arm und hielt ihn lange fest. Er habe sich schon damit abfinden wollen, nie mehr ins rosa Haus zurückzukehren, alles vergangen, aus und vorbei, sagte er, und gerade da sei Mamas Anruf gekommen. So überraschend, daß er nun zwar hier sei – vorsichtig strich er über das Treppengeländer –, doch so, als wäre er es nicht. In seinem Alter brauche man eben länger, um sich zu gewöhnen. Die Gewohnheiten ließen sich schwerer ablegen oder annehmen. Er ließ bedächtig den Blick über die Hauswand schweifen, ohne meinen Arm freizugeben. Es müsse sieben Jahre her sein, sagte er. Seit Louise uns verlassen hat, nicht wahr? Großmutter, ja, sagte ich.

Cousin und Cousine Miane kamen mit Charles. Er hatte sie kurz vor Cahors eingeholt, und sie waren den Rest der Strecke zusammengeblieben. Auch sie hielten, als sie ausgestiegen waren, einen Augenblick inne, wie Fremdlinge vor einem bewohnten Ort. Ich ging ihnen entgegen. Der Frau von Charles sagte ich, Onkel René habe in einer Ecke des großen Saales die Vasen aufbewahrt, sie könne sie für die Blumen nehmen. Robert hielt mich noch immer am Arm. Wir gingen ein Stück, an der Zisterne vorbei, bis die

Stimmen der anderen, hinter uns, nur noch ein gleichförmiges Geräusch bildeten. Robert blieb stehen. Er betrachtete den stillen Causse, dann den Hügel rechter Hand. Schließlich blickte er zu mir hoch: mein Kleiner. Er wiederholte: mein Kleiner. Eine lange Geschichte, sagte er. Mit meinem Onkel René sei da etwas gewesen, vor meiner Geburt. Und später wieder. Genaueres wisse er nicht. Du weißt ja, wie René ist. Ich nickte. Siehst du, sagte er. Und ich: ja. Ich hörte die Stimme von Léonie, die nach uns rief. Sie fragte, was wir gerade ausheckten miteinander. Vom Haus her hörte man Motorengeräusch, zuschlagende Autotüren.

Wir gingen langsam zu den anderen zurück. Ich sah sie wieder, alle, so wie sie wirklich waren, gestaffelt zwischen Vorgeschichte und Beginn. Man braucht schon vierundzwanzig oder fünfundzwanzig Jahre, bis man die Abstände einigermaßen einschätzen und jeden irgendwo einreihen kann zwischen den einzigen Malen, auf die es ankommt: dem ersten, weil es ohne dieses keine weiteren gegeben hätte, und dem letzten, weil es allen vorangegangenen, einschließlich dem ersten, eine besondere Bedeutung verleiht, denn ihre Zahl ist endlich und jedes von ihnen hat nur ein einziges Mal stattgefunden. Margot sagte: mein Gott, mein Gott. Auch sie griff nach meiner Hand, als wollte sie sich vergewissern, daß ich kein Traumbild war, keine Erinnerung im farblosen Winterlicht, auch kein – das aber machte ich mir nicht recht klar – Vorgriff in die Zukunft, so nah schien ihr der Augenblick, in dem sie mich zum ersten Mal in die Arme genommen, dann an Großmutter weitergegeben hatte, die mich im blendenden Mittagslicht dem Großvater reichte, und so verkürzt das Intervall zwischen damals und jetzt. Als ich Margot zuhörte, als ich daran dachte, schien auch mir, ich hätte gerade erst entdeckt, daß es Jahreszeiten und Vögel gibt, namenlosen Kummer, ruhige Glückseligkeit, und schon sei es *jetzt* geworden und ich an der Reihe. Das leichte Entsetzen, das ich dabei empfand, verband sich mit jenem anderen, heftigen und hartnäckigen Schrecken, daß nun wirklich ich an der Reihe war. Daß es, auch für die anderen sichtbar, neben mir, neben der Maske, unter der ich umherlief, das Gesicht geben könnte, welches das Schicksal eines Tages vor mir in die Luft gezeichnet hatte und dessen Wiederkehr ich herbeiführen, dessen genauen Umriß ich dergestalt befestigen sollte, daß ich mich vielleicht, und die anderen mit mir, daran gewöhnen würde, mir dieses Gesicht nicht mehr vorzustellen, es nicht mehr zu sehen, ohne gleichzeitig und am gleichen Ort mich selbst zu sehen oder mir vorzustellen.

Es ging auf elf Uhr zu. Überall standen jetzt Autos. Das Licht war noch dasselbe wie am Ende der Nacht, bei unserer Ankunft. Vetter Miane hatte sich um das Feuer gekümmert, es war warm im großen Saal. Die Blumen in den Messingvasen, in alten Kochkesseln, die jemand aus dem Schuppen geholt hatte, mischten ihren Duft in den der Zeit und des zerbrechlichen Lebens, das sich im rosa Haus angesammelt hatte, um jenen Teil von sich zu geben oder zu nehmen, um dessen Preis es das Leben blieb und für einen Moment seine Kämpfe mit der Zeit vertagte, mit den bösen Mächten, die sich gegen es verbündet hatten, seit es das Leben war und nicht vielmehr nichts. Der helle Lieferwagen des Feinkosthändlers bahnte sich seinen Weg durch die bis dicht an die Treppe abgestellten Autos. Etienne mußte seines beiseite fahren, damit der zweite Lieferwagen, der Stühle, Tischplatten und Böcke brachte, hinter dem ersten parken konnte. Charles zog das Jackett aus und lud Stühle ab. Papa und Robert gingen ihm helfen. Der Lärm, den sie machten, allesamt, und das Gemisch der Geräusche klangen fast wie früher, so als wären sie nicht, und ich mit ihnen, nunmehr Fremde im rosa Haus. Ich lief Mama über den Weg und konnte wieder ihre Hand nehmen, sie für einen Augenblick halten, bevor Rémi mit seiner Frau eintraf und sie uns trennten.

Schließlich hielt ich es nicht mehr aus. Ich sagte zu Mama und dann zu Marthe, die mir mit Tischdecken und Servietten beladen entgegenkam, daß ich jetzt losführe. Ich manövrierte mich vorsichtig an Etiennes neuem Auto und dem Lieferwagen des Feinkosthändlers vorbei, streifte die Yuccapalme und bog in den Weg zwischen den kleinen Trockenmauern ein. Ich fuhr nicht schnell. Die Straße schlängelte sich über kahle Terrassen, zwischen Wacholderbüschen und verhutzelten Eichen dahin, dann führte sie hinab in die Dolinen voll rotem Ton. Ich fuhr durch Catus und kam nach Cahors. Eine gute Viertelstunde zu früh. Das Äußere des Bahnhofs rief nichts in mir wach, weder die tiefe Verlorenheit noch die ungläubige, unerträgliche Erwartung, der man, stärker als an jedem anderen Ort, in einem Bahnhof ausgeliefert sein kann, wenn es Winter ist, beinah Abend schon, Schnee droht und man neunzehn Jahre alt ist. Ich starrte auf den Uhrzeiger, wartete, bis er auf fünfunddreißig rückte. Dann stieg ich aus dem Auto. Ich durchquerte die leere Halle und postierte mich auf dem Bahnsteig. Unter dem Glasdach war es anders. Eher so wie damals: derjenige, der dort gewartet hatte, an einem ähnlichen Dezembertag, nur daß er rauher war, Gefahren und Unbekanntes in sich barg, derselbe wartete immer noch, würde immer wieder warten, weil es ihm vom Schicksal beschieden war zu warten, wie er auch nicht mehr gewartet hätte, der Zerstörung und dem Vergessen entgegengeeilt wäre, hätte sein Schicksal es so bestimmt. Mir schien, als würde der Zug niemals ankommen, als sei die Zeit stehengeblieben, die ja auch dahinfluten, uns fortreißen konnte, uns, die fragwürdigen, zerbrechlichen Kreaturen, fort zu dem Wesen unseresgleichen, das uns verheißen war. Plötzlich war er da, sofort in seiner ganzen Größe, rüttelnd und rasselnd hinter der Lokomotive, und stieß mit dem langen Klagelaut geschundenen Metalls die Preßluft aus. Nur wenige Leute stiegen aus, eine Frau und zwei Kinder, ein alter Mann, ein junger Bursche mit kurzem Haarschnitt. Die dröhnende metallische Stimme füllte den Raum unter dem Glasdach. Noch ein kurzgeschorener Schädel über einem jungen, frühzeitig verhärteten Gesicht, eine ältere Frau – dann gewahrte ich die Stockspitze, die vorsichtig ins Leere stocherte, vor der Tür des Waggons. Ich lief darauf zu, ich sah Onkel René, wie er die stählerne Türstange umklammert hielt und nach einem Halt für sein kaputtes Bein suchte. Mit dem anderen zuerst, dem heilen, faßte er auf dem Bahnsteig Fuß. Er blickte hoch. Er sah mich. Ich lächelte. Ich beugte mich zu ihm und umarmte ihn.

Wir standen uns gegenüber, wortlos, während der schwere Zug sich in Bewegung setzte. Man hätte schreien müssen bei dem Getöse, das hinter Onkel René anhob und irgendwann erstarb. Er lächelte die ganze Zeit. Es sah aus, als schüttelte er leicht den Kopf, aber dieser Eindruck konnte auch vom Vorübergleiten der grünen, staubbedeckten Waggons herrühren. Onkel René legte seinen Stock auf den kleinen Koffer. Er hob die Hand an meinen Hals und drückte erbarmungslos. Ich verzog das Gesicht. Er musterte den Knoten meiner Krawatte und sagte, so sei es besser. Dann: daß so einer nun heiraten wolle, und sagte es mit jenem Ausdruck, wie er ihn früher bekam, wenn er irgend etwas, das ich gesagt oder getan hatte, für außerordentlich bedeutend, neu usw. befand. Diesmal aber hatte ich nichts gesagt. Ich nahm seinen Koffer, und wir gingen, als letzte, dem Ausgang zu.

Ich hielt ihm die Tür auf, damit er einsteigen konnte. Ich startete, und wir fuhren zum rosa Haus. Wir waren schon aus Cahors heraus, als er zu sprechen anfing. Nein, sagte ich. Noch nicht. Sie wolle erst gegen Mittag kommen, wenn wir alle versammelt wären. Er sagte, er werde sie also kennenlernen. Ich wendete, setzte zurück, steuerte gegen das hartnäckig zum Straßengraben driftende Gefährt, sah dann zu Onkel René hinüber, der den Causse betrachtete, und sagte, daß er sie gewissermaßen schon kenne. Die kleine Straße hatte die Doline verlassen und stieg schnurgerade zu dem melancholischen Himmel an. Ich schaltete zurück in den dritten Gang. Onkel René betrachtete immerfort den Causse, die Wacholderbüsche.

Wir hatten den Himmel erreicht, sahen die Blöcke aus Kalkgestein und tauchten wieder hinab, an den Grund eines ausgetrockneten Tals. Ich sagte: es war wegen deinem Bein, nicht wahr? Er tat, als redete ich über belanglose Dinge. Da sagte ich, ich wisse Bescheid. Er schüttelte bloß den Kopf. Margot habe es mir erzählt, fügte ich hinzu. Daß er in Toulouse in Behandlung gewesen und dann nicht mehr ins rosa Haus zurückgekehrt sei. Ich wußte Bescheid. Ich sah ihn an. Sein Gesicht war wie aus Stein, dabei brauchte er nicht zu gehen, sondern saß neben mir im Auto, das durch eine sanfte Kurve rollte. Ich sagte: das war es doch, nicht wahr, deine Verwundung. Aber er sprach schon, hinter dieser Maske, die er beim Gehen bekam: ich wollte nicht, daß sie einen Krüppel heiratet. Aber sie hätte darin nicht unbedingt einen Hinderungsgrund gesehen, sagte ich, sie hätte es vielleicht akzeptiert. Ich aber nicht, sagte er. Wir kamen aus dem Tal heraus. Ich bremste ab, als wir durch Catus fuhren. Onkel René war noch immer hinter seiner Maske verschanzt. Ich beschleunigte wieder und gestand ihm, welcher Gedanke mir gekommen war: daß es in gewisser Weise dasselbe gewesen sei, also alles von vorn angefangen habe.

Darauf sagte er zunächst nichts. Der Motor brummte friedlich in der dürren Einsamkeit. Dann hörte ich die Stimme, angespannt, ausdruckslos wie das Gesicht: etwas in der Art, ja, außer daß man ein bißchen weiter gegangen wäre als der andere damals – André, sagte ich –, aber doch nicht weit genug, daß es wirklich zählte. Ich sagte: ja. Ich verschwieg meine dumpfe Angst, daß niemand von La Roche herunterkommen würde, gegen Ende des Vormittags, falls es unter der ruhigen, tiefhängenden Wolkendecke noch etwas gäbe, das Vormittag hieß und dessen gleichmäßiges Licht später den Namen Nachmittag annähme. Ja, sagte ich, die Deutschen. Er sofort: nein, die Faschisten. Und ich: es waren doch ... Er wiederum: es hätte sonstwer sein können. Dann, nach einer Pause, in der man nur das friedliche, runde Geräusch des Motors hörte: aber es waren wieder die Deutschen.

Er hatte damals an seinen Onkel gedacht, an André, sofern er überhaupt dachte und auf anderes achtgab als das Rumoren des überhitzten Causse. Für gewöhnlich achtet man nicht darauf, sagte er. Man kann sich nicht vorstellen, aus wie vielen kleinen Bestandteilen dieses Geräusch sich zusammensetzt. Du hörst die Zikaden, die Heuschrecken – viel schneller, spitzer –, dann diese Art Knistern von all dem glühenden Gestein, das rasche Gesurr der Fliegen. Und aus dem Rumoren versuchten sie etwas ganz anderes herauszuhören, ein dünnes, hartnäckiges Summen.

Sie waren acht, von überallher und jeden Alters. Zwei Metaller von Fumel, ein Spanier, ein Bankangestellter aus Gers, ein Typ aus Paris, ein Landarbeiter mit sonnenverbranntem Gesicht, ein Junge vom Zwangsarbeitsdienst und er, Onkel René. Im Morgengrauen des 9. Juni waren sie losgezogen, um sich an der Nationalstraße 20, im Schutz eines Eichenwäldchens, auf die Lauer zu legen. Für ihn war es das erste Mal, daß er sich an einem Hinterhalt beteiligte. Er hatte schon Schienen in die Luft gesprengt, Transformatoren, eine Telefonzentrale, aber das waren bloß Dinge. Und jetzt warteten sie, ausgestreckt im drükkenden Schatten, daß ein anderes Geräusch sich in das friedliche Rumoren des Causse mische.

Wieder war nur der Motor zu hören. Onkel René rückte auf seinem Sitz hin und her, um sein kaputtes Bein in eine andere Stellung zu bringen. Ich wollte schon etwas sagen, da fing er wieder an zu sprechen. Wirklich gedacht habe er nicht. Es war wie ein starker Wind, eine heftige, sehr schnelle Leere, durch die zerfaserte Bilder jagten. Dreißig Jahre, bis auf drei Monate genau. Diese Zahl sah, erriet er, bevor der Wirbel, der alles durcheinanderjagende Sturm selbst noch die Erinnerung an diese Zahl wegfegte, und später erst – nach einer Minute oder einer Stunde – erinnerte er sich, daß dreißig Jahre zuvor sein Onkel auf Les Auvelais zugerannt war, das die deutsche Vorhut gerade erreicht hatte. Daraus schöpfte er ein wenig Hoffnung, denn jetzt war es genau andersherum. Er lag verschanzt unter Eichen und erwartete die Nachhut der Division *Das Reich*, deren vorgeschobene Einheiten sich in hundertfünfzig Kilometern Entfernung Oradour-sur-Glane näherten. Das war 1944.

Es muß weiter Zeit verflossen sein, aber es war nicht das, was man für gewöhnlich Zeit nennt, die unmerkliche, durchsichtige Strömung, in der Sonne, Hoffnung, geliebte Gesichter dahintreiben. Ich setzte wieder zu einer Frage an, doch er sprach weiter, mit derselben dumpfen, harten Stimme, wie um zu zeigen, daß keine meiner möglichen Bemerkungen oder Fragen noch irgend etwas an dem änderte, was er zu sagen hatte und was geschehen war. Er hatte an sie gedacht. Er hatte sicher in dem starken Wind ihre Gesichter entdeckt: Großmutter, Großvater, Andrée (Mama), die wußten, daß er sich der Résistance angeschlossen hatte, und die bestimmt an ihn dachten. Die aber nicht wissen konnten, daß er auf der glühenden Erde lag und wartete, daß sich das Geräusch des Causse unmerklich veränderte.

Er habe daran gedacht, sagte er. Dies vor allem sei in dem hellen Wind vorbeigetrieben: die Gewißheit, daß er nicht überleben würde, denn sie waren zu acht und hatten es auf eine Panzerdivision abgesehen. Er sagte auch: die anderen (Großmutter, Großvater, deine Mutter) wußten nicht alles, und das war gut so. Das Beste, was man tun kann, ist vielleicht zu verhindern, daß sie alles erfahren.

Sie haben genug an ihrem Schmerz. Man kann dafür sorgen, den seinen von ihnen fernzuhalten. Sie würden ihn sofort zu ihrem eigenen machen. Das würde die Last noch vergrößern, die ohnehin so groß ist, daß man sich fragt, ob man die Kraft haben wird, sie zu tragen. Allein, sagte er. Ich sagte: ja. Und er: für sie soll es nur eine Geschichte sein, die sie sehr viel später hören. Wie Worte aus dem Mund eines Fremden. Damit sie es ein wenig mit seinen Augen sehen, unter einem anderen Blickwinkel, der – er suchte das Wort: objektiv – wirklich ist. Es ist fast nichts, ein winziges Verschwinden unter den unzähligen Verlusten, die in jeder Sekunde auf dieser Erde Schmerz bereiten. Sie müssen nicht alles wissen. Ich sagte: ja. Ja.

Es war nicht wirklich die Zeit, sagte er. Das Licht sei gelblich geworden über der ausgestorbenen Straße, ohne daß er seine Anwandlungen von Trauer, die Ungeduld, den Hunger, die reglose Hitze irgendwie bemerkt hätte. Derselbe helle Wind wirbelte Leere in großen Stücken auf, trug immer dieselben undeutlichen Bilder heran, verwischt durch die Geschwindigkeit, durch die kalte Gewißheit, daß er die Nacht nicht mehr erleben würde, und den tröstlichen Gedanken auch, daß dies nichts bedeutete. Allenfalls ein paar zögernde, stockende Worte, die ein Unbekannter murmeln würde, später irgendwann, im Vorraum des rosa Hauses. Vielleicht der Spanier mit dem mageren Gesicht und den schwärzlichen Augenlidern, der eine Damenpistole umklammert hielt, oder der alte Metaller mit dem Karabiner, oder ein anderer von den acht, die da warteten im anbrechenden Abend.

Er hatte eine einzelne Heuschrecke ausgemacht, eines dieser grauen Tiere, die wie Steinsplitter in all dem Gestein aussehen, so daß man sie nie erkennen würde, wenn sie nicht, schon weit vom Betrachter entfernt, den roten oder blauen Fächer ihrer durchsichtigen Flügel aufspannten. Ein unablässsiges Schrillen, das war jener 9. Juni 1944, der sich nun der Nacht zuneigte. Und als er schließlich dabei war, sich alle übrigen Heuschrecken vorzustellen, das sorglose Rumoren der Erde, drang ein dunkles, zähes Brummen durch den hellen Wind. Er spürte eine leichte Bewegung zu seiner Rechten, wo der Spanier lag, dann sah er auf der Straße zwei Flecken, einen großen und einen kleinen, die mit aller Geschwindigkeit näher kamen.

Er sagte in neutralem Ton, daß sie Amateure waren. Sie hätten abwarten müssen. Aber sie hatten den ganzen Tag gewartet, und nun war Abend. Sie schossen alle gleichzeitig, aus hundert Metern Entfernung, wie auf dem Übungsstand, mit ihren Damenpistolen, ihren Salonwaffen. Selbst er, mit seiner englischen Maschinenpistole, die wie eine Ziege zwischen seinen Händen hüpfte jedesmal, wenn er auf den Abzug drückte. Wahrscheinlich hatte der Motorradfahrer etwas abbekommen, denn er schlingerte mit majestätischer Langsamkeit, obgleich alles nun sehr schnell ging, viel schneller als in der gewöhnlichen Zeit, in der es bisweilen geschieht, daß die Zeit nicht mehr sie selber ist, eine ungewisse Gnade, ein kurzer, furioser Augenblick zwischen zwei Ewigkeiten aus Nichts, und in diesem Zwischenraum schlägt man sich wirr herum, weil man keine andere Wahl hat, weil es eben so ist und ohnehin nichts wirklich zählt. Der Spanier war aufgesprungen. Er rannte an Onkel René vorbei, um den Motorradfahrer in der Tarnjacke aufs Korn zu nehmen, der geradewegs auf sie zufuhr, dabei sacht über dem Lenker zusammensackte.

Die lächerlichen Pistolenschüsse reichten gerade, um das Schreien des Onkels zu überdecken, das er ausstieß, seit sie ihre Schießerei begonnen hatten. Das Motorrad stieg die Böschung hoch, es knurrte dabei wie ein verwundetes Tier, und Onkel René nahm außer seinem eigenen Schreien das Fauchen des auf vollen Touren laufenden Motors wahr und das Geschepper von losem Blech, als das Motorrad, sich überschlagend, in den Graben stürzte. Er rempelte, immerzu brüllend, diesen idiotischen Spanier und stürzte zu auf das, was er wegen der Tarnzweige zunächst für einen Lastwagen gehalten hatte. Alle Geräusche waren gleichzeitig verstummt, das dünne Pistolenfeuer, das Motorröcheln, auch das friedliche Knistern des Causse, und Onkel René hörte sich schreien: der Lastwagen.

Er sagte, indem er sein kaputtes Bein bewegte, mein Auto sei etwas eng für ihn, er werde alt und empfindlich. Dann: daß es kein Lastwagen war. Er hatte es angenommen, von weitem, aber nur bis er sah, wie das Fahrzeug bremste, leicht schräg auf der Straße stehenblieb und schwerfällig auf seinen Zwillingsrädern schwankte. Bis er entdeckte, daß der Aufsatz hinten, der große vieleckige Kasten, ocker, grün und rostbraun gescheckt und mit Zweigen verkleidet, kein Kasten war. Daß er sich drehte. Daß aus den Zweigen ein schmales Rohr hervorragte und sich senkte, während der Aufsatz sich drehte.

Er verstummte. Mir schien, als suchte er nach genauen Ausdrücken, als müßte er nicht mir noch den Angehörigen irgendeines der acht Amateure, die sie gewesen, im Causse vor beinah dreißig Jahren, Rechenschaft ablegen, sondern dem Geist, dem unerschütterlichen Zeugen des Schreiens, Herumrennens und wirren Handgemenges, das wir im ge-

gebenen Moment dem Frieden, der kommenden Nacht und dem erträumten Glück vorziehen.

Er sagte, daß er viel schneller laufen mußte, als er je in seinem Leben gelaufen war, und die anderen ebenso, mit ihrer Jahrmarktsausrüstung, ihrem Arsenal für eine Landpartie, denn sie hatten schließlich begriffen und rannten ihm nach. Der Bankangestellte, wie ihm schien, hatte ihn sogar eingeholt, rannte an ihm vorbei. Doch Onkel René wußte bereits, auf seiner rasenden Flucht, in der souveränen Langsamkeit, mit der das Künftige sich vollzog, daß er nicht mehr die Zeit hatte, die Nacht nicht erleben würde. Er schrie immer weiter, während das schmale Rohr im Gestrüpp der Äste seine doppelte Drehung vollführte, nach links und nach unten, auf sie zu. Er sagte, mit unverändert neutraler Stimme, daß es ein Flakgeschütz war. Zur Fliegerabwehr. Die Maschinenpistole zerrte an seinen Armen wie eine Ziege und meckerte wie eine Ziege. Da mußte er an André denken. Er brüllte immerfort. Er schrie: Ca ... Sicher wollte er Kanone rufen oder so, sagte er. Er wußte es nicht mehr. In diesem Augenblick hatte sich alles verändert. Sie waren geblendet von der großen Flamme in den Zweigen, erschlagen von der überstürzten Folge gewaltiger Detonationen, umhüllt von einer Wolke aus pulverisiertem Gestein, scharfem Rauch, durchsiebt von Splittern, all das auf einmal, kaum zehn Meter entfernt von dem Lastwagen mit dem begrünten, buntscheckigen Kasten.

Zuerst bemerkte er einen hellen, unbeweglichen Punkt, auf dem er lange seinen Blick ruhen ließ. Er brauchte die Ruhe. Er hatte immer noch das Gefühl, auf den vermeintlichen Lastwagen zuzulaufen, der geschmückt war wie ein

Pfingstochse. Dann entdeckte er einen zweiten Lichtpunkt, dicht neben dem ersten, und mit einem Schlag den tiefen Himmel, die sternfunkelnde Juninacht, und merkte, daß er nicht mehr schrie, nicht mehr rannte. Er hörte nur ein schwaches Sirren, eine leichte, eintönige Klage, wie von einer Grille. Ganz in seiner Nähe sah er plötzlich die dunklen, reglosen Gestalten auf der noch feuchten Straße – zwei, vielleicht drei. Ob da noch mehr waren, konnte er nicht feststellen, aus einem Grund, der ihm vorläufig unbekannt blieb. Daß er nicht mehr schrie, nicht mehr rannte, verschaffte ihm eine starke Erleichterung. Auch daß er – wieso, wußte er nicht – auf seinem Gesicht den ruhigen Atem der Nacht spürte.

Vielleicht hatte er wiederum gebrüllt, war durch blendende Blitze gestürzt, bevor er ein weiteres Mal am Grund der prachtvollen Nacht auftauchte. Und bemerkte, daß er es war, von dem der Insektenton, die schwache Klage ausging. Er regte sich, berührte seine Hüfte. Das, was seine Hüfte gewesen war. Er führte seine staubige, schwarze Hand dichts ans Gesicht, ohne recht zu begreifen, denn er litt nicht einmal mehr und konnte es noch nicht fassen, daß alles vorüber, vollbracht war. Er hatte keine Erinnerung daran, daß er vor Morgengrauen gefunden und weggebracht worden war. Ein Arzt aus Souillac pflegte ihn, hielt ihn versteckt. Gegen Ende des Sommers kam er nach Toulouse, wo man versuchte, seine Hüfte wiederherzustellen aus den Splittern und Stücken, die von ihr geblieben waren.

Wir erreichten das Dorf, ich fuhr langsamer, dann am Friedhof vorbei, bog links ab, und das rosa Haus tauchte vor uns auf. Der Himmel war malvenfarben, das Licht mild, als stünde die Zeit still. Ich half Onkel René beim Aussteigen. Mama war da. Als wir oben auf der Treppe anlangten, fuhr Alcides roter Lancia vor.

Im großen Saal war der Tisch hergerichtet, die Kristallgläser, der matte Glanz der Gedecke aus Weißmetall, die Blumen und Früchte waren verteilt. Ich begriff nicht so richtig. Es muß schon über Mittag hinaus gewesen sein in dem gleichmäßigen Licht. Ich dachte, es liege an dem Schweigen, das von ihnen allen ausging: diesem Tag, diesem überzähligen Mal, an dem wir im rosa Haus versammelt waren, während es uns schon nicht mehr gehörte, fehlte das einschläfernde Stimmengemisch. Ich erfaßte den Blick von Mama, ihr trauriges Lächeln für mich, die ausdruckslosen Augen von Robert, an der anderen Seite des Tisches. Sogar Léonie, die nahe vom Eingang stand, war still. Ich wollte sprechen, ihnen etwas sagen. Ich wandte mich um zu Onkel René, der hinter mir saß, aber er war gerade dabei, sich unter Anstrengung zu erheben. In seiner verhärteten, undurchdringlichen Maske waren die Augen das einzig Lebendige. Sie schienen durch mich hindurchzusehen. Ich drehte mich wieder um. Catherine war gekommen. Sie trug ein Kleid von sehr zartem Grün, wie die Farbe von Lindenblättern in ewigem Frühling, und einen dazu passenden kleinen Hut. Ihr Gesicht war nicht im geringsten verändert. Sie blieb dicht vor mir stehen. Sie sagte: da bin ich.